天下‧文化
BELIEVE IN READING

追思在雲

一位追求自由、民主、
和平的知識分子——朱雲漢

THE JOURNEY OF
YUN-HAN CHU
A Courageous Intellect

中央研究院政治學研究所、中流文教基金會、胡佛東亞民主研究中心、清華大學台北政經學院、台灣大學政治學系、蔣經國國際學術交流基金會———共同主編

雲河浩瀚，漢學長明──
朱雲漢院士的初心與貢獻

高希均 / 遠見‧天下文化事業群創辦人

二〇二三年二月五日下午，接到星雲大師離世的訊息。同日晚間，再收到朱雲漢院士的病逝。一位是遍及五大洲的世界宗教領袖，一位是在國際學術界享有盛譽的政治學者。

朱院士任職於台大政治系、中央研究院，同時身兼蔣經國國際學術交流基金會執行長二十二年。記得二〇〇七年初，《聯合報》前社長張作錦邀朱院士與我相聚，當時他提出為即將步入二十年的基金會（創辦於一九八九）出版一本專書，記錄推動漢學在全世界的發展。這是有意義的大事，我立即贊成，並請時任遠見總編輯刁明芳擔任撰述。

此書《國際漢學的推手》於二〇〇八年十二月天下文化出版，讓三千年的漢學文化如「雲河浩瀚，漢學長明」，這是朱院士一生的職志。細讀《國際漢學的推手》，清楚了解到經由基金會的贊助，結合歐亞各地的漢學研究組織，將中國文化的精髓散播全球。

擔任台大政治系教授，對學術界的貢獻，則反映在他對自由與民主的追尋與批判，蒐集在天下文化出版他的兩本著作：《高思在雲》（二〇一五年一月）、《全球化的裂解與再融合》（二〇二〇年一月）。其中，《高思在雲》被選為亞洲週刊年度中文十大好書。朱院士一生堅持自由主義的批判精神，早在二十一世紀初期就看出西方勢力正逐漸衰落，他著書立論，期待東、西方在合作的基礎上重新建構一個「休戚與共」及「和而不同」的世界。如今東西方朝著另一個衝突的方向發展，令人惋惜。我相信朱院士如多留於世間，繼續發揮他對政策上的影響力，定有助益。

曾與蘇起與雲漢等幾位共赴史丹佛大學（Stanford University），參加他們主辦的民主論壇；或在台北他擔任遠見高峰會的主講者。二〇一四年秋天曾經在上海虹橋機場相遇，飛機誤點，我們暢談了兩個多小時，他細述圖書館募款的辛苦。

次日回到台北，立刻匯了一小筆微不足道的款項。他仁慈地回覆：「飛機耽誤兩小時，竟有意外的收穫。」次年基金會年報還把我放在捐款者名單中，使我汗顏。

二〇一二年，朱教授是繼胡佛院士之後，第二位以政治學領域擔任院士的學者。他在二〇〇一年接任蔣經國國際學術交流基金會執行長，持續努力，直到他離世的那一刻。二十二年的執行長工作，不僅推廣漢學，他也用盡畢生之力，催生蔣經國總統圖書館。

二〇二一年八月二十五日午後，在圖書館即將開館前夕，他邀請我和王力行發行人一起參觀圖書館。這是他投入超過十年心血的大工程，建館過程中與中央、地方及各部門的協商，經費的籌措，各方對總統圖書館定位的意見等等，幾乎是不可能的任務，在錢復董事長的指導與共同努力下，總能一步步完成。他的耐心與毅

訪問蔣經國總統圖書館留影。右起朱雲漢執行長、錢復董事長、遠見・天下文化事業群創辦人高希均、王力行及總編輯吳佩穎

力，規畫與才華，令人感動。走進館內，每一面牆、每一道廊光、每一幅字畫、每一本藏書，都是他和工作夥伴們用心帶來的成果。

　　蓋館難，經營則是另一難。朱院士導覽之際，不時思考如何為圖書館創造商機，他希望我們已連辦二十年的「遠見高峰會」，移師到蔣經國圖書館來舉辦。當時天下文化正要出版一百零四歲高壽的張祖詒先生新作《總統與我》，開館後的第一場新書發表會，就是經國先生的文膽寫經國總統的書，在經國圖書館發表，朱院士創造了「三合一」的紀錄。

　　朱院士是一位謙謙學者，立論鏗鏘有力，不懼俗流，言所當言。近年見到他時，稍顯清瘦，後來才知道他正與癌症對抗。在他的優先次序中，著書立說，以及推動基金會的使命，早已超越了病痛。這位學人展現了他深厚的中華情，以及世界觀的胸懷——他已經贏得了海內外同行及友人的崇敬。

二〇二三年三月於台北

身影常在

Memorial Photo Collection

一或兩歲時，在台北住家旁，由母親抱著

1956 年在台北住家門口前全家合影。父親手中
抱的是朱雲漢，右邊為母親與哥哥朱雲鵬

1958 年與哥哥朱雲鵬（右）攝於照相館

約兩歲與哥哥朱雲鵬（右）合影

就讀仁愛國中時，拍攝於家中

與親友在陽明山，約兩歲的朱雲漢（右下角）
站在父親前方

1969年就讀仁愛國中時，與母親及哥哥在台北
家中

朱雲漢（前排左）童年時代和親友合影

就讀小學時於照相館拍攝
的照片

1975 年攝於台大法商學院的籃球場（騎單車者）

1977 年與大學同學（後排右二）

追思在雲

1977 年於畢業舞會與大學同學（中排左二）

1977 年大學畢業時與母親合影

1979 年於中正機場陪同母親送哥哥朱雲鵬（左）出國留學

1979 年拍攝於軍中（右）

1981 年與王克文先生（右二）、丁庭宇先生（左二）至威斯康辛探訪葛永光先生（左一）

1981 年和王克文先生（中）赴芝加哥大學探訪同學劉憶如女士（左）

1981 年於舊金山

1982 年母親到美國觀光時合影

1986 年與袁易先生（中）、
林澤民先生（右）

1989 年與胡佛院士及其愛犬三毛

2007 年於台灣大學政治學系系友大會「來，跳舞吧！」與系友共舞

2016 年與師大附中同學重聚

追思在雲

2019 年參加大學同學會

2022 年邀請台灣大學同學參觀蔣經國總統圖書館

1984年與孫自芳女士於美國

1984年與孫自芳女士（左三）訂婚

1985 年在美國與孫自芳女士（左三）結婚

1989 年與朱師母全家

1991 年與朱師母於紐約

1997 年於巴黎與朱師母的姐夫家人

追思在雲

2005 年與朱師母於吳哥窟

2005 年於法國與朱師母外甥及外甥女

2008 年與朱師母於北京奧運鳥巢場館

2012 年與朱師母於日本北陸合掌村

2014 年與朱師母於馬來西亞

2014 年與朱師母出席蔣經國基金會年終餐敘

2014 年與親友於馬來西亞餐聚

追思在雲

2015 年與胡佛院士家人餐敘

2015 年與朱師母及學者 Bridget Welsh 合影

2015 年與朱師母姪子於台北國父紀念館

追思在雲

2016 年與朱師母於義大利

2017 年與朱師母於聖彼得堡

2017 年於家中切生日蛋糕留影

追思在雲

2018 年與朱師母於武漢東湖公園

2018 年應香港政府邀請考察城市發展

1978 年台灣大學研究生時期

1992 年出席研討會後，與胡佛院士（右）及徐火炎教授（左）於夏威夷大島

追思在雲

1995 年與胡佛院士（中）、石之瑜教授（右）於上海豫園

1995 年研討會後與胡佛院士（中）、曹俊漢教授（右）於史丹佛大學

1996 年於北京與中流文教基金會董事合影

1997 年與胡佛院士出席九七香港主權移交儀式

追思在雲

1999 年於蔣經國基金會十週年慶

2000 年於台灣大學東亞民主研究計畫第一次規畫會議

2000 年與蔣經國基金會歐洲獎學金委員會學者合影

2001 年接任蔣經國基金會執行長，與許倬雲董事（中）及李亦園董事長（右）合影

2002 年與胡佛院士夫婦於三芝拾翠山莊

2004 年中研院政治學研究所橘子派對

2004 年出席歐洲漢學學會會議，於海德堡與許倬雲院士夫婦合影

追思在雲

2006 年與哈佛大學燕京圖書館鄭炯文館長、普林斯頓大學圖書館馬泰來館長、蔣經國基金會梁其姿副執行長、美國國會圖書館居蜜主任及中研院歷史語言所圖書館陳鴻森主任（由左至右二）

2006 年赴聖彼得堡與當地學者討論漢學發展情況後餐敘

2006 年與聖彼得堡冬宮博物館敦煌收藏部主任 Maria Rudova-Pchelina 合影

2007 年於台灣大學舊公衛大樓東亞民主研究計畫辦公室召開亞洲民主動態調查工作會議

2008 年赴查理斯大學參訪，與副校長 Bohuslav Gas 教授（右二）等合影

2008 年率領亞洲民主動態調查團隊與亞洲基金會成員拜訪馬英九總統（右六）

2008 年出席歐洲獎學金委員會

2008 年赴布達佩斯了解當地學術發展狀況

2008 年與梁其姿副執行長（左二）赴布達佩斯與當地學者討論學術動態後餐敘

2009 年於蔣經國基金會二十週年慶與馬英九總統參觀書展

2009 年中研院政治學研究所「新興民主體制中市民社會的邏輯：東亞與東歐」研討會

2009 年於香港中文大學出席「漢學新方向」研討會，與金耀基董事（前排左二）、劉遵義董事（前排中）等合影

2010 年拜會拉脫維亞國家圖書館 Andris Vilks 館長

2010 年率領「蔣經國基金會學術訪問團」至北京清華大學訪問

2010 年於「公民如何看待和評價民主」研討會，與國際政治學會會長 Leonardo Morlino （前排右五）等學者

2011 年美國夏威夷大學校長 Virginia Hinshaw（左二）來訪

　　　　　　　　　　　　　　　　　　　　　　　　　　　追思在雲

2011 年中研院政治學研究所籌備處與美國維吉尼亞大學政治學系簽定學術合作協議儀式

2011 年宋慶齡基金會常榮軍副主席（前排左二）率團來訪

2011 年赴紐約拜訪狄培理（William Theodore de Bary）教授

2011 年與黃一農教授（前排左一）赴越南社科院南部永續發展所參訪

追思在雲

2011 年與福特基金會中國代表費約翰（John Fitzgerald）教授（右一）等合影

2011 年與蔣經國基金會美洲諮議委員合影

2011 年於夏威夷亞洲研究學會年會與蕭鳳霞教授、賀蕭（Gail Hershatter）會長、梁其姿教授及杜贊奇（Prasenjit Duara）教授（由左二至右）合影

2012 年中研院政治學研究所成所典禮暨學術研討會與冷則剛教授、吳玉山所長、李遠哲院長及王汎森副院長（由左至右）合影

追思在雲

2011 年於蔣經國基金會國內諮議會後與胡佛院士在金門合影

2012 年榮獲中央研究院第二十九屆人文及社會科學組院士

2012 年出席中國時報主辦憲政座談會，與吳庚先生、胡佛院士及林鶴鴒教授（前排左至右），吳玉山教授、石佳音教授（後排中至右）合影

2012 年美國布魯金斯研究院東北亞政策研究中心卜睿哲（Richard Bush）博士來訪

2012 年莊碩漢先生、趙辛哲先生及徐火炎教授（由左至右）等祝賀其當選院士餐敘

2012 年於歐洲漢學學會年會贈書予法國國立東方語言文化學院 Tiphaine Vacque 副館長（左二）

2012 年赴西班牙巴塞隆納自治大學拜會 Ferran Sancho 校長

追思在雲

2012 年當選院士回請大學同學餐敘

2012 年中研院政治學研究所聖誕節聚會

2013 年與經國先生侍從人員訪問計畫成員黃克武教授（前排左一）及張力教授（後排右一）等合影

2013 年拜會土耳其安卡拉大學，與漢語系主任 Bülent Okay 教授（左五）及陳進賢代表（左四）等合影

2013 年與陳文茜女士（右五）及友人於馬來西亞

2014 年獲頒美國明尼蘇達大學傑出成就獎，與校長 Eric W. Kaler 博士（右二）合影

2014 年舉辦經國七海文化園區動土典禮

2014 年出席歐洲當代台灣研究中心研討會

　　　　　　　　　　　　　　　　　　　　　　　追思在雲

2014 年與德國杜賓根大學校長 Bernd Engler 博士簽署成立歐洲當代台灣研究中心

2014 年與美國雷根總統圖書館 Duke Blackwood 館長

追思在雲

2014 年於東北長白山天池

2014 年於浙江杭州大學舉行之學術研討會

2014 年赴以色列希伯來大學參訪，與國際長 Oron Shagrir 教授（中）合影

2014 年與蔣經國基金會國內諮議委員及同仁合影

2015 年於上海復旦大學參加全球民主動態調查學術研討會

2015 年美國史丹佛大學胡佛研究所檔案館 Eric Wakin 館長（中）來訪

2015 年與美國西雅圖華盛頓大學東亞圖書館沈志佳館長（左）於美國亞洲研究學會年會

2015 年與哈佛大學燕京圖書館鄭炯文館長

追思在雲

2015 年參訪羅斯福總統圖書館

2015 年於蔣經國基金會董事會簡報

2015 年與甘迺迪總統圖書館基金會營運長 Connie Chin 合影

2015 年中研院政治學研究所所長交接典禮

追思在雲

2015 年赴德國柏林自由大學中國文化研究所參訪並演講，與代表處陳華玉處長（右三）等合影

2015 年參加民主季刊編輯委員會議與戴雅門（Larry Diamond）教授（前排中）等合影

2016 年於普林斯頓大學與余英時董事夫婦

2016 年出席香港大學香港人文社會研究所開幕典禮

追思在雲

2016 年中研院政治學研究所所慶圓桌論壇

2016 年中研院政治學研究所聖誕節點燈活動

2016 年於台灣大學東亞民主研究中心喬遷慶祝茶會

2016 年於俄羅斯聖彼得堡國立大學參訪

追思在雲

2016 年拜會捷克查理斯大學 Tomáš Zima 校長（左二）

2016 年赴俄羅斯參訪，與冬宮博物館館長 Mikhail Piotrovsky 院士（中）及俄羅斯科學院東方文獻研究所波波娃所長（右）合影

2016年率領台灣大學亞洲民主動態調查團隊學者赴美，出席布魯金斯研究院「東亞軟實力競爭」研討會

2016年赴蒙古烏蘭巴托參加韓國東亞研究院年度訪問學人審查會

追思在雲

2016年與費宗澄建築師參加經國七海文化園區規畫會議

2016年接待澳洲國立大學中華全球研究中心裴凝（Benjamin Penny）教授

2016年與韓國高等教育財團朴仁國事務總長（右三）等合影

2017年於印度班加羅爾參加全球民主動態調查會議暨南亞調查成果發表會

追思在雲

2017年率領台灣大學亞洲民主動態調查團隊於美國哈佛大學參加頂尖大學策略聯盟—哈佛大學雙邊學術研討會

2017年於中國政治學會年會暨學術研討會演講

2017 年與台灣大學學者郭銘傑博士、童涵浦教授、魏德榮博士、黃旻華教授、張佑宗教授、李冠成博士、魏嘉吟博士（由左至右）一同拜訪澳洲雪梨大學及澳洲國立大學國際關係學院

2017 年於日月潭與戴雅門（Larry Diamond）教授（左）及包道格（Douglas Paal）博士（右）

追思在雲

2017 年出席台北論壇參訪團赴美國紐約與華府拜會

2017 年受邀率領「一帶一路研究訪問團」赴敦煌莫高窟參訪，與吳玉山教授（前排右四）、高承恕教授（前排右三）及張佑宗教授（前排左二）等合影

2017 年與美國前國防部長培里（William James Perry）博士

追思在雲

2017 年於捷克慶祝蔣經國國際漢學中心成立二十週年紀念酒會，與汪忠一代表（左一）、曾志朗董事（左二）、中心羅然主任（右三）及黃進興教授（右一）合影

2017 年於捷克查理斯大學參加蔣經國國際漢學中心二十週年慶祝活動

2017 年赴土耳其伊斯坦堡出席第四屆「全球公共外交網絡論壇」

追思在雲

2017 年與陳純一副執行長（右一）拜會柯建銘總召（左二）

2017 年與土耳其尤努斯‧埃姆萊學院 Şeref Ateş 院長

2017 年與蔣經國基金會歐洲諮議委員及同仁合影

追思在雲

2017 年與錢復董事長於董事會議

2018 年於杜拜出席全球民主動態調查會議

2018 年於美國匹茲堡大學出席蔣經國基金會三十週年系列講座，與余寶琳董事（左二）及許倬雲董事（右三）合影

2018 年聯合國教科文組織國際哲學與人文科學理事會秘書長 Luiz Miguel Oosterbeek（右四）由熊秉真教授（右二）陪同來訪

追思在雲

2018 年出席香港大學「冼為堅傑出訪問教授席（人文學科）公開論壇」，與蕭鳳霞教授、王賡武教授、梁其姿教授及葛兆光教授（左二至右）合影

2018 年於台灣大學社會科學院主持胡佛院士追思會，並揭牌「胡佛東亞民主研究中心」

2018 年接待韓國金九財團金美理事長（中）參訪七海寓所

2018 年參加蔣經國基金會「兩岸歷史文化研習營」

追思在雲

2018 年與蔣經國基金會「兩岸學術交流規畫委員會」委員及學者合影

2019 年蔣經國基金會三十週年於香港中文大學演講

2019 年赴韓國高等教育財團暨崔鐘賢學術院訪問，與朴仁國院長（右）合影

2019 年出席韓國峨山政策研究院「峨山論壇」

2019 年台北政經學院基金會捐助人會議及董事籌備會議

2019 年美國西雅圖華盛頓大學 Ana Mari Cauce 校長來訪

2019 年蔣經國基金會第十一屆董事及顧問合影

2020 年與王董事雪紅於經國七海文化園區

　　　　　　　　　　　　　　　　　　　　　　追思在雲

2020 年台北政經學院基金會與清華大學合辦台北政經學院簽約儀式

2020 年院發會預備會議，擔任台北政經學院院務發展與規畫委員會召集人

2020 年中研院政治學研究所所長交接典禮

2020 年擔任台北政經學院代理院長期間與同仁合影

追思在雲

2021年於七海寓所與尹衍樑總裁（中）及蔣友松先生（右）參加升旗典禮，並贈送尹總裁于右任先生墨寶複製品，感謝他對園區室內裝修工程的捐助

2021年與宋楚瑜董事於經國七海文化園區第一陳列廳合影

2021 年與經國先生侍從僚屬於經國七海文化園區

2021 年與鄭旗生先生（左）、胡為真前秘書長（中）合影

追思在雲

2021 年與韓定國董事長（左）、胡定吾董事長（中）合影

2021 年蔣經國基金會搬遷前夕於敦南辦公室與同仁合影

2022 年經國七海文化園區暨蔣經國總統圖書館開幕典禮,與郝龍斌前市長、柯文哲市長、蔡英文總統、錢復董事長、馬英九前總統、連戰前副總統及蔣友松先生(左二至右一)合影

2022 年邀請尼爾弗格森(Niall Ferguson)先生擔任台北政經學院高端論壇講者

追思在雲

2022 年出席首場台北政經學院基金會講座，與黃煌雄董事長（左五）等合影

2022 年台達電鄭崇華創辦人（左四）來訪，與錢復董事長（右四）等合影

2022 年於經國七海文化園區接受鳳凰衛視《台灣板凳寬》訪談

2022 年與余紀忠文教基金會余範英董事長（後排右四）及董事於經國七海文化園區合影

追思在雲

思念長存

In Memoriam

悼朱雲漢，七海國士

王雪紅 / 宏達國際電子股份有限公司董事長

> 雲靈飛才高志廣
> 漢魂揚文深義長
> 哲人其萎
> 典型猶在

致我們敬愛的朱雲漢院士。

雲漢是一位才華橫溢、志向遠大的學者，他的思想深邃，言行典範充滿著智慧。他對中華文化的推廣和發展，對兩岸和平以及世界大同的盼望，為後世留下了豐富的遺產。

我經常回想起過去多次聆聽雲漢的高見，他對經國七海文化園區的規畫、蔣經國基金會的管理、漢學的推動以及中華文化的發展，都有著獨到的見解。他總是以「士不可以不弘毅，任重而道遠」的精神啟發人心。透過他的言語，我們得以深刻了解他對世界的看法和對人生的理解。

眾所周知，蔣經國基金會在推動漢學研究方面不遺餘力。我曾在董事會上聽到一些關於漢學發展的討論，直到雲漢的介紹，我才有機會接觸到美國哥倫比亞大學（Columbia University）的幾位教授，進一步了解到蔣經國基金會以及雲漢對漢學研究所做出的重要貢獻。更值得一提的是，雲漢擔任執行長期間，在財務管理方面也展現了非凡的能力，為基金會做出了巨大的貢獻。

雲漢的視野廣闊，熱愛中華文化，對西方文化也有長足的了解。他的言談舉止

流露出對國家、天下大事的擔憂，同時也充滿了對兩岸和平、世界大同的期許。〈正氣歌〉有云：「哲人日已遠，典型在夙昔。」他正是這麼一位「望之儼然，即之也溫，聽其言也厲」的翩翩君子。

如今，我們漫步在經國七海文化園區，享受著山水之間的靜謐。這裡是台北市難得的清幽之地，而我們所見的一草一木，都承載著雲漢的執著與參與。尤其是蔣經國總統圖書館，更是雲漢精心策畫的典雅之作，展現了他對經國先生的敬意與感激之情。

朱雲漢院士，感謝您以熱情發光、以貢獻作鹽，您的離去讓人倍感思念，但我們相信您的精神將繼續在人們的心中熠熠發光，期待與您在天堂再見。

品味與決斷

王德威 / 美國哈佛大學東亞語言與文明學系講座教授

朱雲漢教授是台灣及國際政治學界的頂尖學者，過去二十多年主持蔣經國基金會業務，成果輝煌。他在事業高峰遽然離去，留下太多遺憾。他領導台灣及東亞政治研究，打造蔣經國總統圖書館及經國七海文化園區，推動兩岸學術交流活動……，都將為無數後之來者所感念。

我們對雲漢教授的敬意和追思不僅在學術事業，還在他的人格風範。他是一個有品味的人。與雲漢交往或共事，很難不對他的謙和與優雅留下深刻印象：那樣的進退有節，談笑風生，一方面得自個人的教養，一方面也得自寬廣的閱歷。他對儀容的重視，對生活細節的講求，對美好事物的欣賞，對長者與同輩的溫暖，對人情世故的關懷，在在顯示其內心世界如何豐富且大度——「文質彬彬，然後君子。」

雲漢的品味更展現在對公共事務的態度上。今日台灣充斥各種目光短淺、言行粗鄙的官僚政客偽士，僅能以群醜跳梁視之。雲漢廁身政治學界，必須周旋於此等人間，但他始終堅持自己的清醒與格調。以他的才華大可躋身政壇，但他選擇立場超然的學院位置。然而，這並不表示他置身事外。多年來他熱心參與國際活動，勇於建言，並持續在媒體發表讜論，無畏政治正確者的目光。所謂「擇善固執」，正是一種對品味的堅持。

從雲漢的專業角度來說，品味更是一種犀利的政治眼光，一種分辨個中美醜的判斷力。在一個黑白顛倒、是非不明的時代，多少人言不由衷，多少人隨風搖擺，但雲漢不為所動，因為他相信任何抉擇總有底線，這一底線來自審時觀世的洞見，也來自有所不為的自尊。道理說來容易，卻是知易行難。

蔣經國國際學術交流基金會提供雲漢一展身手的舞台，盡顯他的品味與決斷。一九八九年基金會成立，以漢學作為聯合兩岸以及全球中國研究的平台。過去三十多年基金會推動、贊助無數研究與活動，成為國際最重要學術組織之一，台灣的軟實力因此表露無遺。雲漢擔任執行長後，堅守學術獨立自主，毫不因外在壓力而動搖，他更籌畫蔣經國總統圖書館，將基金會業務推向另一高峰。

　　蔣經國總統圖書館及經國七海文化園區從發想到實踐經歷太多考驗，其中艱苦不足為外人道，雲漢卻勇往直前，每每談笑用兵──他的毅力和風格表露無遺。二〇二二年圖書館開幕，前後任總統、政要齊聚一堂，雲漢的抱負終於實踐。藉由這一工程，他不僅確立蔣經國基金會的歷史定位，也表達了個人的政治理念與情懷。

　　總統圖書館與園區的設計典雅大方，一草一木無不承載雲漢的心血。從空間的調度到議事的配備，從展場的布置甚至到中庭老樹的栽植，無不彰顯雲漢的鑑賞力。這不正是漢學之美的底蘊？而陳列廳的內容展示和經國先生故居的修繕恢復，又透露他個人賡續民國正統的意志。以此，雲漢將他的品味與決斷做了最完美呈現。

　　雲漢這些年為蔣經國基金會及台灣政治事務戮力奉獻，另一方面，他對生活也充滿熱情；既能運籌帷幄，調度大局，也能與好友共享茗茶好酒、美食勝景。我何其有幸，能追隨雲漢為蔣經國基金會海外業務略盡棉薄，也深深懷念那些年共事的點點滴滴：布魯塞爾漢學高峰會，檳城南洋華人研習營，華盛頓北美諮詢會議，布拉格歐洲中心廿週年盛典，還有北京、台北、西安、南京、蘇州、揚州、匹茲堡、波士頓種種活動。故人飄然遠去，留下的回憶將不絕如縷。謹以此文，向雲漢致敬。

洞察全球化轉型的先驅——懷念朱雲漢院士

左正東 / 台灣大學政治學系教授

台灣政治學界的三位中研院院士之一、台灣大學政治學系朱雲漢教授，於元宵節晚間辭世，令政治學界感傷與不捨。

朱院士長年耕耘民主化研究，一九九〇年代和胡佛院士共同受邀，代表台灣參與「選舉體系比較研究」跨國研究，是全球公認的東亞民主研究巨擘。但是，他也是國際政治經濟學領域的拔尖學者。事實上，朱院士在明尼蘇達大學（University of Minnesota）的博士論文就是比較台灣和南韓產業政策，後來又在美國國際政治經濟學最頂尖的 *International Organization* 期刊獲得發表。可以說，朱院士的研究扎根於西方的科學方法，也獲得西方學術社群的高度肯定。

即便如此，他並沒有被西方研究範式所綑綁。我剛到台大任教時，朱院士慷慨地邀請我和他一起開授國際政治經濟學課程。透過臨摹他的治學途徑，我見證到他超越美國主流、重視和馬克思學派的對話，一方面取法馬克思學派的社會關懷，一方面勇敢面對科學方法的不足。

二〇〇八年金融海嘯前我們首次並肩授課，朱院士的做法給我極大的震撼。後來金融海嘯發生，馬克思學派對資本主義的批判日受重視。到二〇一九年，美國學界宗師 Benjamin Cohen 也承認，多數國家的國際政治經濟學都保留相當成分的馬克思學派，像美國主流國際政治經濟學那樣排斥馬克思和獨尊實證方法反而是少數。以此來看，朱院士絕對稱得上國際政治經濟學界的先知。

正如他嫻熟科學方法也挑戰科學方法，朱院士的社會關懷則是因為了解西方而反思西方發展路徑的欲振乏力。近幾年，他聚焦於川普震撼和英國脫歐後搖搖欲墜

的自由國際秩序，擔憂曾經讓億萬人脫貧致富的全球化戛然而止。因此他常常談「金德爾伯格陷阱」（Kindleberger Trap），擔憂日趨自利的美國恐怕導致全球化的崩解，希望中國大陸接替美國成為良善的霸權，推動全球化和全球治理的向前推進。當然，這樣的看法在台灣難免會有人質疑其道德立場。然而，朱院士並未因此退縮，毅然承擔先知的孤寂，為引領思想變革努力到生命末了，他的使命感令人欽佩與尊崇。

眾所周知，朱院士師承胡佛院士研究東亞民主化。五年前胡院士去世時，在台大舉行的告別會場，布置一幅胡院士對後輩的提醒「民主、科學、愛中國」，也映照朱院士的終極關懷。雖然「中國」這個概念在很多人感覺已經不合時宜，但在我看來，那不只是家國情懷，還有著對美好未來的追求，追求一個「充滿公平正義」，「永遠有對人道、人心和人本質的尊重」的理想國度。這樣的家國情懷，不帶著強迫，不讓人為難，可以和不同的歷史感情並肩，又能不斷激勵人心。這是胡院士那個世代的執著，也是朱院士這個世代的承擔，希望有一天在我們這個世代，以及我們之後的世代，還能看到這樣的傳承。

時代洪流中堅守價值理念的知識分子

江宜樺 / 長風文教基金會董事長

　　雲漢兄驟然離世將近一個月，我每天照常瀏覽他生前創設的 Line 群組「高思在雲」，卻再也看不到他的隻言片語，思之黯然神傷。

　　雲漢兄是我台大政治系的學長，他回國任教時，我正準備出國念書，因此有機會旁聽過他第一年開授的國際政治經濟學。而我回母系任教後，雲漢兄更是非常照顧我的學長及同事。台大政治系分成政論、公行、國關三組，我跟他都屬於政論組的核心成員，經常要為課程改革、師資聘用等事情開會討論，他總是不吝分享經驗，讓我們這些學弟得以順利掌握做事的方法。他的工作負擔極為繁重，但他總是面帶微笑、從容不迫，是學弟們心儀的君子典範。

　　我在政府服務時，雲漢兄在許多公共議題上都曾提供重要的分析或建議。譬如當年縣市合併升格為直轄市過程中，政府打算將原來的鄉鎮長選舉改成由直轄市長官派，他從維護地方自治的角度出發，期期以為不可。而政府打算推動不在籍投票制度時，他則鼓勵有加，認為這是確保人民選舉權的必要改革。其中，讓我印象最深刻的事情，是他在太陽花運動時期，公開撰文批評群眾「占領立法院、進攻行政院」的激烈行動。

　　當時雲漢兄發表〈台灣離民主崩壞還有多遠〉一文，沉痛指出：「在任何正常的民主國家，無論是執法者或是社會主流民意，都不會認可或允許任何人以政治抗爭為名，非法侵入國會。」他也嚴肅質疑「為何少數抗議學生可以用強制力，阻撓由一千六百多萬合格選民選出的立法委員正常行使憲法職權？」雲漢兄畢生研究台灣民主化，深深了解台灣民主文化尚未成熟，尤其在「法治」觀念上，更是落後先進

民主國家。他認為太陽花運動以「嚴重背離比例原則」的激進手段，否定了代議民主的正當性。在當時的民粹風潮下，許多知識分子都選擇明哲保身，但雲漢兄無畏譏諷，仗義執言，堪稱時代逆流中的砥柱。

我離開政府之後，與朋友共同創辦了長風基金會，雲漢兄慷慨應允擔任無給職顧問，無私地分享他豐富的人脈資源，積極促成國際友人應邀來台演講，包括福山（Francis Fukuyama）、戴雅門（Larry Diamond）、馬凱碩（Kishore Mahbubani）、文正仁、劉遵義、鄭永年等。長風基金會跟台灣研究基金會在二〇一八年合辦「從西方中心到後西方世界：二十一世紀新興全球秩序之探討」，邀請了二十幾位國際大師級學者來台發表文章，並於會後出版中英文兩本專書，也都是雲漢兄跟鄭永年兄的貢獻。至於長風經常舉辦的研討會或閉門座談會，雲漢更是從來沒有推辭，即使近幾年罹患癌症後也是一樣。如果沒有雲漢兄的熱誠協助，長風是無法引進這麼多國際大師，發揮思想交流平台的功能的。雲漢的辭世，不僅是台灣學術界無以言喻的損失，更是兩岸及國際知識界的重大傷痛。

雲漢兄一生待人以誠、治事以敬，學術文章斐然傳世，道德信念堅定不移，是我心中永遠敬愛懷念的學長。雲漢辭世後，他的親友、同事、學生從不同角度追述了他的人格精神與對國家社會的貢獻，我只能以一個台大學弟的有限觀點，緬懷雲漢學長令人敬仰的風範。祈禱雲漢學長自此永離苦痛，自在於雲端，庇佑兩岸生民。

知我者謂我心憂，不知我者謂我何求

余範英 / 余紀忠文教基金會董事長

「當國家出現亂象，民心普遍感到不安，知識分子就不能沉默，必須站出來。」

在一九九九年九二一大地震後，余紀忠文教基金會於跨世紀之初，策畫「邁向公與義的社會」為期六週的系列研討會，衷心期盼台灣在「亞洲四小龍」的良基上，重建社會運作機制，帶動整體質量提升，迎接新世紀來臨。

歷經八個月，籌備小組黃榮村、朱雲漢、王汎森、錢永祥、朱雲鵬、林子儀及時報的倪炎元、林聖芬與我，窩在北市府官邸咖啡廳榻榻米上整理各方智庫、校園、民間團體的主張與期許，匯集不同學者、專業意見，作分組、命題。共識是應以錢永祥的倡議建立「公與義的社會」為上位引導，作為航向「廿一世紀台灣永續經營的主張」。相信：唯有公開、無私，全民才能共同參與努力；唯有公平，每個人才有機會各自發揮所長；唯有正義，社會的黑暗角落才不會被忽略。這是我們命名「公與義」的由來，也成為大家多年信守的追求。

其中，朱雲漢擔任政治組召集人，溫文有禮的他，堅信新世紀政治改革是最重要的課題：呵護憲政主義的成長、加速國會改革、推動政府再造、防堵黑金政治，重建政治主流價值，以自由主義匡正國族主義，並敦促政治人物的心靈改革。雲漢相信讓台灣重新開啟憲政主義發展的契機，必須堅持信守民主遊戲規則的道德信念。

繼其恩師胡佛院士後，自二〇一一年雲漢為余紀忠文教基金會延聘擔任董事十二年，在中國大陸興起與全球政經秩序重組的挑戰時刻，為台灣尋求下一代的群體責任，在複雜多變的國際環境與多元的時代轉型下，基金會以「承擔與試煉」期許新一代，發揮關懷倫理、承擔能量與創新價值。朱雲漢主張「台灣要調整國際策

略的心態，跳脫西方中心的思維，珍惜台灣經驗，屏除一元思考」，雲漢在他的著作《高思在雲》中曾作論斷：西方國家所熟知的世界，已一去不返。自十九世紀中葉以來，以西方為中心的文明觀，所主張自由主義的民主體制，原本是在歷史進展的必然過程，卻不僅屢見西方國家的爭奪霸權、追逐利益，更見人類意識型態的終點與政府的終結形式。且毫不避諱地指出：過去以西方文明判定「進步」與「落後」的坐標已受質疑，與西方文明接軌的未必是「進步」，與自身文化傳統重新接軌的，未必是「落後」。近年來雲漢受邀出席歐、美、澳、俄、東亞及中國國際學術會議，深知國際環境變幻的他，近身觀察全球政經格局與意識型態境況，正經歷翻天覆地的秩序與結構重組，雲漢呼籲「不製造問題、不激化矛盾、不成為他人的負擔」。心繫中國文化、憂心台灣處境的他，病情期間仍不忘「從多元性思索台灣的定位與出路」，台灣未來才能走自己的路。

　　不捨雲漢的離去，與我們的三十年相聚。自他年少意氣奮發的歲月裡，為政風、政改把關，然始終未見其謀求仕途。二十年前選擇扛下蔣經國基金會執行長，沉潛於振興漢學，服膺研究、作大儒背後的推手，耕耘跨國、跨校學研交流，為漢學領域造就代代精英骨幹。

　　短短一生承擔文化使命、國家責任的路徑上，只留下讀書人的飄香。

雲山蒼蒼，江水泱泱——紀念朱雲漢教授

冷則剛 / 中央研究院政治學研究所研究員

　　二月六日清早，打開手機，愕然看到重禮所長傳來朱老師過世的消息。幾天後，我到朱老師的靈堂祭拜。感覺到強大的磁場環繞。朱老師還是像過往一樣，帶著堅毅的微笑，鼓勵我們繼續向前。

　　朱教授的學術成就，早已獲得舉世肯定，自不待多言。一九九〇年代中期，我戰戰兢兢地回到台灣展開學術生涯，朱老師就是我們的指路明燈，以及仰之彌高的學習典範。二〇〇三年朱老師在內外環境頗為複雜的情勢中，接下中國政治學會理事長的任務，並邀我擔任秘書長。這是我第一次在純學術研究以外，向朱老師學習如何臨深履薄，從大處著眼，小處著手。朱老師從不尚空談，也不拘泥於虛幻的理論。在本土與國際化平衡的考量下，致力落實「中國」在台灣土地的開花結果，並與世界學術趨勢接軌。不旋踵，在我們與佑宗教授的共同努力下，讓學會不但茁壯，更重獲成長的生機。隨後在中央研究院政治學研究所，有了更多向朱老師學習請益的機會。

　　我以為，眼界與心胸的寬廣，是朱老師卓然挺立於全球學術界的關鍵要素。對中華文化的永恆關懷，對台灣本土的終生依戀，對全球趨勢的精準評估，奠定了朱老師不朽的志業。因為有了感性的寄託，朱老師更能以高度理性看透事物的真相。他心中的中華文化，跳脫了當下政治紛爭的格局，言所當言，批所當批，同時也毫不憂讒畏譏，一本正道，勇往直前。與此同時，朱老師也是翩翩的江南名士，在細膩處見真章。文化真髓藏在細節裡，而這些細節也讓我們擴大了比較的視野，連結了全球的脈動。與朱老師一同參訪，感覺到草木蟲魚，亭台樓閣，珍饈淡飯，都是

文章，都是學問，真是如沐春風。我在不少學術行政工作中，也曾迷惘，或遇到挫折，朱老師總在後面助一臂之力，提供各方滿意，又能平衡各種利益的解方。雖是點到為止，但是有無窮的威力。

久雨初晴，窗外透出陽光。眾鳥嘈雜，但雄鷹高飛，傲視於久違的藍天白雲間。從朱老師的研究室窗外，當可見到相同的景象。觀景思人，風雲變幻，不改其志，朱教授的精神仍與我們常相左右。

懷念雲漢──一位高思的摯友

吳玉山 / 中央研究院院士

　　雲漢走了，好像天邊璀璨雲彩翩然而去。我覺得此時他想看到的不是大家的驚愕、悲歡與不捨，而是記得他一生的成就與風華。簡單地來說，雲漢是世界級的政治學者，溫柔敦厚的儒士，滿懷家國情懷的知識分子，以及善於品味人生的大師。這四點，缺一不足以描摹雲漢。

　　雲漢是台大政治系大我三屆的學長，在學校就有才子的名聲。一九八七年他從明尼蘇達大學拿到博士學位回母系任教，我四年後繼之，從此我們在政治系做了三十二年的同事。後來胡佛院士倡議在中央研究院成立政治學研究所，先成立籌備處，我們兩人乃一起去中研院，為新所打基礎，但仍在台大合聘教書。當時由我擔任籌備處主任，雲漢是所裡敦請的第一位特聘研究員。中研院的這一段，我們又同事了二十一年。這兩份同事的情誼，加起來超過了半世紀，相處時間之長，應該是少有的。

　　雲漢是世界級的政治學者，毫不為過。他師從胡佛院士，是胡老師的大弟子，從台大組建第一個調查研究團隊時，就參與其中。胡老師的這個計畫，後來擴展到兩岸三地，並且在雲漢回國後，逐步擴展成為亞洲民主動態調查（ABS），並且與全球民主動態調查（GBS）聯繫起來，成為一個國際性的學術網絡。這是在全球民主化浪潮下從民主價值變遷的角度來進行的一個國際政治學研究主軸，而雲漢承接著胡老師，帶領台灣的學者，在這其中取得了亞洲地區的領導性角色。如此成就在全球華人政治學者當中是空前的。雲漢與亞洲及全球從事民主化相關調研的學者進行了廣泛的合作，建立起聯繫網絡，相互支援，並且獲得了國內與國際許多主要研

究基金的支持。其規模在台灣的政治學界無疑是最大、也最持久的。

　　這樣一個重要的國際政治學術組織的建構，是極為艱辛的。ABS除了直接進行一波波的調查研究之外，又指導與支援了多個國家的調研工作，並整合建立了整個區域的資料庫，扮演行政協調的角色。其中各式各樣的討論談判、折衝樽俎，極為勞心費力；而為計畫持續籌募研究資金，更是雲漢直到過世那一天都時時刻刻、心心念念的大事，這對他的病情無庸置疑地也產生了相當大的影響。

　　雲漢是一位溫柔敦厚的儒士，這一點跟胡佛老師一樣。他們一心嚮慕西學，如五四諸子一樣想用民主與科學來救國，但是其待人處事完全是溫厚的儒家典型。雲漢對學術前輩執禮甚恭，對同儕慷慨大度，對學生則關心照顧、非常溫柔，和他相處過的人絕不可能無感。他才思敏捷但絕不盛氣凌人，執著理念但溫和婉轉，不在同一個文化情境之下的外國學者也樂於和雲漢合作相處。記得一位很資深的美國政治學者前一段時間來台，但是沒有見到雲漢，深感可惜，他在臨行前跟我說「Yun-han is such a sweet person」。我想了一下，了解到他這樣說的原因，是雲漢總是熱忱地接待國際學者，並且體貼地為他們的研究需求多方設想。我和雲漢有一些共同的學生，即使在國外教書發展還是持續保持聯絡。這些學生回台灣來的時候一定會來看老師，而我也因此知道雲漢對學生的關照是如何體貼入微。不論是以前還是現在的學生，能被大師鼓勵肯定，是會長久記憶、甚至影響一輩子的。雲漢這樣感動了好多的學生，讓他們走上了學術的志業。

　　雲漢的儒士之風還可以從另外一角度來看。多年來我從旁觀察，深深感覺到雲

漢對胡老師不僅是當成恩師來尊敬，而胡老師對雲漢也不只是當成他的大弟子來培養提攜，他們兩人是情同父子的。胡老師在引進政治學的科學方法以及開啟調查研究的風氣潮流方面是國內第一人，而雲漢則完全繼承了胡老師的理念。二〇一八年胡老師過世，雲漢為胡老師盡心籌辦了一場追思會，並在會上為台大社科院的「胡佛東亞民主中心」揭牌，場面非常感人。這當然是為了紀念胡老師開創的功績，也是充滿了雲漢與一整代學術界對胡老師的師慕之情。從這些師生的互動，我看到儒家的風範，也看到中華文化傳統中美好的一面。

雲漢是滿懷家國情懷的知識分子。雖然他的研究多是運用數量工具來進行精細的社會科學分析，但是他的起始點與一貫的初心是高度理想主義的。以前胡老師在教導台大一屆屆學生的時候，總不斷提醒大家要盡一個知識分子的責任，講到「知識分子」這四個字的時候，語調一定特別高昂。我知道那是一項期許、一份使命感，和一種甘盡全力、願意為理念而犧牲的心態表述，展現的是對統治者的一種寧折不彎的骨氣。在這種心情之下，雲漢始則以西方的自由主義民主為圭臬，並研究在台灣如何進行民主轉型，又如何可以達成民主鞏固，這反映在他前期的專書著作，包括 *Crafting Democracy in Taiwan* 與《台灣民主轉型的經驗與啟示》當中。到了後期，雲漢觀察到民主體制在實際運作上的種切缺失，乃又不惜與多數意見相抗，坦率地批評西方民主，並指出中國與東方的興起，以及中國模式有其合理性，而後者在台灣是有極大的政治爭議性的。他的《高思在雲》、《全球化的裂解與再融合》，與和鄭永年主編的《西方中心世界的式微與全球新秩序的興起》是這個階段

的標誌型著作。雲漢最後一篇公共論述，是在過世前一個月在《天下雜誌》發表的〈美國軍售地雷 台灣必須覺醒〉，縱身躍入一個爆炸性的議題當中。雲漢作為一個知識分子憂國憂時，發抒己見，無論在什麼樣的政治環境，都慷慨陳詞，這份志氣，也是從恩師胡院士那裡一脈相承下來的。不同意雲漢觀點的人，可以和他進行學術辯論，但是不能夠否認他知識分子的使命感和油然而發的諤諤之言。

最後，雲漢是善於品味人生的大師。許多與雲漢相識的學術中人，都知道雲漢對生活有藝術性的品味。他是一位美食家，對於東西菜餚、名家餐館如數家珍。他在國際行走，又在對岸走遍大江南北，閱歷豐富，無論品茗、論酒，指點佳餚，勝過專家。去過蔣經國基金會、受過雲漢招待的學者，不可能不驚訝於主人的精緻品味。我最嘆服的，是雲漢以逾十年的努力，百折不回地建構了經國七海文化園區，創建了蔣經國總統圖書館，其建築的巧妙布局、色調的層層搭配、雅致的多樣選材、與氣魄的開闊展示，都讓人讚歎不已。在宴會大廳旁的牆上，有一幅胡老師所寫的蘇軾〈念奴嬌〉，從大江東去寫到一尊還酹江月，氣勢磅礴，筆力萬鈞。這也是雲漢最愛與人介紹的，一來展現出胡院士的名家書法，一來也更讓人感受到雲漢對恩師的敬重與推崇。

一位碩學鴻儒、謙謙君子、憂國學者、品味大師從此仙逝，但是他所遺留的，何其豐富。如何讓他所夙夜經營的能夠長久存留，持續發揮影響，而不致人走茶涼，會是懷念雲漢的人所該心心念念、不能遺忘的。

悼念一位外圓內方、有為有守的典範學者

吳重禮 / 中央研究院政治學研究所研究員兼所長

　　二月六日凌晨十二點十八分，接獲一位學界前輩的訊息，求證朱老師病危的消息，心緒忐忑不安、輾轉反側。凌晨五點左右查看手機，一則三點三十三分來自蔣經國基金會秘書的訊息告知，朱老師在昨晚平靜安詳地去世。浮現腦海的是，朱老師態度從容、笑容可掬的形象，心中感慨的是，一位反思西方自由主義觀點的學者已溘然長逝。

　　朱老師的待人接物、應對進退，處處謙和有禮，願意慷慨與人分享，所有和他接觸過的人士必然有所感受。朱老師的研究室就在我的隔壁，有一回他特地送來兩罐坪林自然農法的野放茶，並且仔細地闡述著種茶者「回歸自然」的經營理念。他瞇著眼笑著建議，在研究之餘，沏壺好茶，放慢腳步，在茶香繚繞裡，品嚐這些茶湯，可以體會到種茶者的想法和製茶過程的辛勞，甚至感受到氤氳靉靆的坪林山區。他接著又說，走遍世界幾大洲，喝過許多好酒和好茶，到頭來還是覺得台灣在地茶特別順口。離去之前，還特別囑咐，他的研究室裡珍藏著一些好酒，如果所上有貴賓來訪，需要招待餐敘、搭配好酒下菜，要我千萬不要客氣自行取用。

　　朱老師對於學界後進的提攜，還有對於同窗好友的珍惜，也是令人印象深刻的。有一次，朱老師邀約聚餐，慶祝我獲得一個獎項，並請徐火炎老師作陪。朱老師是美食家，眾所周知，在內湖一間地中海法式餐館用餐，主廚特地介紹當晚菜色和酒品，每道菜都有特色，其中「白蘆筍冷湯」最有印象。三人席間天南地北無話不談、談笑風生，迄今難忘。二〇二〇年六月徐老師辭世，數天後接獲朱老師的電子郵件，寫著「三把火笑傲江湖，一枝筆點閱名山，單麥杯中乾坤攬，凍頂紫砂天

地涵。同窗摯友，雲漢 敬輓」。簡單數語，貼切地記述著徐老師的生平，也顯現他無盡的追思之情。

　　朱老師圓融寬厚的個性，和對於學術研究的堅持，是不相違和的。儘管面對社會不同的聲音，對於選票至上、以贏得選舉為主要目的的當代西方民主觀點，朱老師很早就提出深切的批判；在全球化浪潮之下，各國經濟掛帥的政策往往以社會弱勢團體的利益作為代價，他也曾提出許多反思和建議。值得一提的是，對於立場迥異的批評意見，甚至於是他的門生，從未聽聞過朱老師有過任何負面言詞，謙恭厚道的特質，可見一斑。

　　二〇二二年十二月上旬，最後和朱老師通電話，前後約四十五分鐘；現在回想，當時必然已身體不適，惟他心心念念的，仍是如何讓亞洲民主動態調查（ABS）賡續長存，戮力推動國際學術合作。對於如此外圓內方、有為有守的典範學者，「哲人日已遠，典型在夙昔」相信是許多學界先進共同的感受。

向朱雲漢院士致謝

吳琬瑜 / 天下雜誌共同執行長暨內容長

天下專欄作家朱雲漢過世，深感不捨。

二○一四年開始，朱雲漢院士為天下寫專欄，就是我擔任總編輯之始，每兩週一次，維持十年，從不間斷。三年多前，已經知道他罹患直腸癌，依然筆耕不輟，專欄文章逾兩百篇，曾於二○一七年榮獲亞洲卓越新聞獎（SOPA）最佳專欄首獎。

坦白說，朱雲漢院士的專欄立場，也引起讀者正反兩極的回應。但我想天下可以包容不同立場，讓立場迥異者彼此對話。

朱院士是台灣與國際學界的重量級連結者。從一九八○年代末、九○年代開始，對台灣政治民主化與國際連結，發揮了既深且廣的影響力。

他經常解析民主化過程中面臨的各種挑戰，從長遠歷史、宏觀格局，為民主化、經濟自由化的潮流提出了反思。

他第一次出現在天下雜誌時，那年三十七歲，是美國明尼蘇達大學（University of Minnesota）政治學博士、台大政治學系教授。當時他推動美國學界每年定期開會討論台灣政經發展，一九九二年，更代表國家政策研究中心對外洽談，促成前法國總統密特朗等國際重要政治人士來台演講，名噪一時。

二○一二年開始，朱雲漢參與發起並長期主持「亞洲民主動態調查」（ABS）。這個大型跨國調查研究計畫，集合了美國哥倫比亞大學（Columbia University）知名學者黎安友（Andrew Nathan），以及民主理論大師、史丹佛大學教授戴雅門（Larry Diamond）等國際學者，並與世界銀行與聯合國等國際組織合作，追蹤亞洲十九個國家的經濟現代化與政治民主化進程，是第一個由台灣學者領導的跨國調查

研究。

在學術之外，朱院士以蔣經國國際學術交流基金會的網絡，在全世界為台灣建立友好關係。例如我曾經受基金會邀請到卡達參加全球公共外交網絡論壇（Global Public Diplomacy Network, GPDNet）所舉辦的民主外交研討會，來自全世界的學者專家，討論在社群媒體興起之下，除了正式的外交關係，如何透過社群建立民間友誼。尤其對於沒有邦交的台灣，能夠透過學術贊助與研討持續建立民間網絡，是長期的、持續的影響力。

他掌舵蔣經國基金會，深具挑戰。

只要看到基金會的董事會成員，有國際學者、同時也要平衡政黨代表，能夠將經國七海文化園區落成，任誰都知道這是不容易的事。

最後一次天下同仁見到他，是二〇二一年二月，當時疫情仍盛，即使罹癌，他依約來辦公室錄製天下四十週年特別節目「好好說那年」。

天下製作了紀念專輯，謝謝他。梳理他在天下兩百多篇文章，精選二十一篇，以及一集四十分鐘的Podcast，可以親聽聲音；並且挑選了有代表性的照片，從第一次上天下雜誌到最後一次錄製「好好說那年」的身影。

紀念專輯打開之後的第一張照片，是帶著微笑有點調皮又優雅的朱院士。

願朱雲漢院士安息，影響力遺留在人間。

天下雜誌　好好說那年
紀念專輯

悼念朱雲漢老師

呂杰 / 中國人民大學國際關係學院葉澄海講席教授

　　得知朱雲漢老師過世的消息後，我很長時間無法接受。我雖不曾跟隨朱老師念書，但從二〇〇三年念研究生院開始，就一直間接或直接參與了他主持的研究專案和寫作計畫。我的博士論文、第一本英文專著、多篇論文，以及二〇二二年我和朱老師的英文合著，都受惠於他領導的研究團隊所採集的經驗資料。朱雲漢老師是我學術研究的領路人之一，是我學術成長過程中重要的導師。

　　我第一次跟朱雲漢老師見面是二〇〇五年的夏天。我跟研究生院的三位老師（史天健、Ruth Grant 和 John Aldrich）到江西南昌開會，並發表了我第一篇學術論文，現場得到了朱老師的點評和鼓勵。隨後，我陪三位老師與朱老師一併到廣西，就當地基層自治的實踐進行調研。朱老師謙謙君子的儒雅、廣博的學識，及對不同地方風土人情的了解，都給我留下了極深刻的印象。隨後每一年，我都有跟朱老師當面請教的機會，不管是在研討會現場的討論，還是在會後餐桌旁的閒聊，我都會感嘆朱老師對學術前沿的敏銳把握、對現實政治的深刻分析，以及生活上的睿智。

　　二〇一〇年我的恩師史天健教授不幸辭世，作為他多年的好友，朱雲漢老師組織了多場學術活動悼念他。之後，朱老師只要到華盛頓出差都會聯繫我，關心我的工作和生活。二〇一七年，我因為家庭原因需要回北京工作，朱老師在了解我的狀況之後隨即給中國人民大學國際關係學院寫信推薦。正因朱老師的大力推薦，我跟人大國關學院順利簽訂了工作協定，於二〇一九年夏天舉家遷回北京。隨後，朱老師只要來北京，他會一如既往聯繫我、關心我。最後一次見朱老師，是二〇二〇年新冠疫情大規模爆發前，在北京香格里拉酒店的餐廳。朱老師詳細詢問了我們全家

在北京安頓的情況、兩個孩子就學的情況，並對我工作和生活上的諸多事項提供了建議。那時，坐在我對面的不是譽滿全球的華人政治學者，也不是掌舵重要學術基金會日理萬機的執行長，只是一個慈祥、和藹、真誠關心後輩的長者。

此後，朱雲漢老師就沒能再來北京，我們主要透過網路進行交流。二〇二〇年中，朱老師給我發消息說：「天健走了十年了，我們再為他做點什麼吧。」於是，我們有了合作撰寫書稿的計畫，並於二〇二二年初在牛津大學出版社出版。我們把這本書獻給了朱老師的恩師胡佛先生，以及他的好友、我的恩師史天健教授，以紀念他們在相關領域的學術貢獻。

朱雲漢老師對生活的熱情、對自己老師和朋友的情義、對後輩的關心和提攜、對學術的執著和嚴謹，都歷歷在目。朱老師走了，我很懷念他。

我那獨特領導風範的老師

宋翠英 / 蔣經國國際學術交流基金會主任秘書

　　二月五日清晨接到朱師母的電話，驚聞朱老師病況不好，我匆忙趕至他的身邊。雖然悲慟不已，但能在他人生道路的最後一刻，陪伴著他，一如往常為他做事，內心稍感安穩。回想過去朱老師每次碰到危急困難，需要有人協助時，他總是會想到我。感謝他的信任，我拭著淚處理後事，這是最後一次為他做事，我必須讓他放心，讓他走得安心。

　　朱老師和我有長達二十四年的共事情誼，一九九九年他到基金會擔任副執行長時，我已在基金會服務近十年，責無旁貸協助他推動會務。當時李亦園執行長及許倬雲、余英時、張光直等創會董事們，已為基金會建立十分完備的制度，也樹立國際學術聲譽。前人播種耕耘，朱老師則是開枝展葉的靈魂人物。他上任後展現開闊無私的遠見與縝密務實的規畫能力，推動有特色的專案，積極與知名國際學術機構合作，借助其豐沛的資源和人脈，讓基金會的有限資源發揮最大效益與學術影響力；同時延攬國內外學術界卓然有成而處事公正的學者參與審查業務，樹立學術獨立與走向國際化之核心價值，為基金會奠定學術公信力與厚實基礎，並開啟一段推動全球漢學研究與台灣研究，以及強化台灣的國際學術地位之蓬勃歷程。

　　基金會籌畫經國七海文化園區歷經十二年，蘊含在朱老師內心的家國情懷、文化傳承和知識分子的使命，是他毅然決然願意承擔開放經國先生故居與成立中華民國第一座總統圖書館重任的主因。他善用每次出國開會之便，走訪各國知名圖書館、博物館及美國總統圖書館，希望能借鏡別人的優點。他親自規畫園區籌設的整體藍圖與營運方案，並參與每一場籌畫會議。他大力推動經國先生相關文物典藏、

史料徵集與口述歷史等工作，為後續圖書館之學術研究奠定基石。他為文鼓勵我們「願景清晰，立意要高，取法乎上；無中生有，開疆闢土；臨事而懼，謀定而後動；勤能補拙，不恥下問；事必躬親，鉅細靡遺；輕重緩急，主從分明，急當務之急；勇於承擔，主動積極；講求績效，資源用於刀口」。這其實就是他做事的態度，我們能感受到他心心念念都在園區，他只要提到園區語調就特別高昂，神情洋溢興奮，眼裡閃著光芒，那份真摯與熱情，令人動容。

園區開放後，被認為是呈現台灣現代化的重要平台與代表國家的新門面，堪比擬美國著名的總統圖書館。但光環後面所遭遇的挫折、挑戰卻不計其數，尤其在政府沒有出資的情況之下，園區的籌設需要費盡心思尋找贊助者，一直是朱老師心中無比沉重的壓力。興建過程中困阻重重，許多工程都因各種不同緣由而延宕，其中室內裝修更遭逢前所未有的困境，朱老師絕境求生想到求助尹衍樑先生。尹先生敬重經國先生，立刻伸出援手，不但答應協助園區室內裝修工程，更慷慨允諾由他捐贈。朱老師感念在心，一直思考如何回報尹先生的恩情。

民國一百一十年四月二十七日經國先生一百一十二歲冥誕，當天早上，朱老師邀請尹先生帶領潤德團隊、七海的侍從人員，以及基金會同仁，在七海寓所的庭院舉行升旗典禮，並致贈尹先生一幅于右任先生墨寶複製品，「計利應計天下利，求名當求萬世名」，這也是經國先生的座右銘。經國先生在世時，七海寓所每天早上六點升旗，傍晚五點降旗，但經國先生過世後，就再也沒有升旗過。三十三年後當國旗緩緩升起，再次在寓所的天空飄揚，見證這重要的一刻，大家都深受感動，熱淚盈眶。

記得園區開幕典禮結束，與會來賓陸續散去，朱老師緩步至圖書館陽台，望著戶外七海潭和一大片美麗的景觀，喃喃自語地說：「朱雲漢你真敢，園區從無到有，真不敢相信圖書館可以完成，你做了許多人不可能做得到的事。」我當時愣一下，難得見到朱老師豪情的一面。他一向虛懷若谷，然而任誰走過這一路的艱辛，於此刻的苦盡甘來，心中應是了無遺憾的壯闊與欣慰吧！如今園區一草一木、一磚一瓦都還留有他的身影，但斯人已遠去，著實令人思念。

　　朱老師學識淵博，氣度與眼光都展現大格局的思維，能有機緣跟著他近身學習為人處事之道，對我影響很深。他待人溫和敦厚細膩，對年長學者執禮甚恭，對同輩學者敬重有加，對後生晚輩極為寬厚，我們有事進他辦公室，他總是起身親切應對。他提醒同仁基金會是服務學術界的機構，不能官僚，學者是我們的合作夥伴，一定要給予信任並以禮相待。他感念資深諮議委員對基金會的付出，曾特地赴金門舉辦審查會，並安排一位學者家屬同行，誠懇用心的態度讓學者與家人跟基金會建立更深厚的關係。

　　在面對專業的認真致志外，他更懷抱赤子之心，不吝分享對生活的熱情與愛好。他喜歡上網尋找具文化歷史特色的二手手工地毯，當他看到毯面編織細密、色澤亮麗且圖樣特殊的地毯時，時而眉飛色舞地傳給我們觀賞，除買來自用也會致贈給基金會作為擺設。由於他已購入不少，我幾番勸說：「老師，夠了，別再買了。」他當下總是靦腆承諾，強調再買就「剁手」——但當他見我又收到郵件包裹，仍不免露出頑皮又不好意思的表情，笑著說：「剁手！剁手！」他碰到熱衷的物品，也是如

此愛不釋手。

　　他注重生活品味，關懷層面廣泛，能發掘美好的事物。他赴頭寮謁靈，擔心頭寮警衛們冬天夜裡風寒受凍，叮囑我贈送他們保溫瓶；他肯定茶農將茶山開墾原生態茶種，讓華岡茶、坪林茶注入新生命，除購買茶品與友人分享，並在國際活動中不遺餘力地推廣台灣在地茶文化；他結合清代四大徽墨家的胡開文墨店和于右任寫給經國先生的對聯，開發了用松煙調製的經國雅墨，成為園區新的文創品。他總是樂於與人分享好茶好酒好故事，娓娓道來的真誠與溫暖，往往令人印象深刻，久久低迴讚嘆。

　　我很幸運碰到一位具有獨特領導風格的老師，感謝他曾帶領基金會在漢學研究的歷史長河中領航，為我們贏得國際學術界的推崇與信賴，也感謝他鞠躬盡瘁創建蔣經國總統圖書館，為台灣留下珍貴的資產，更感謝他謙謙君子的風範，讓我們如沐春風，在溫馨與美好中伴隨的是無限的懷念與回憶。

朱雲漢的學術志業與人格風範

周陽山 / 政治學者、第三屆立委、第四屆監委

　　朱雲漢院士在二月五日邊逝，政學各界人士紛紛致哀與感懷。我想從個人追憶角度，表達敬意與哀思。

　　一九七七年我在台大政治系念大二，雲漢是大四學長，我們開始幫《仙人掌》雜誌編專輯，同時也為中國時報《人間副刊》策畫「文化中國」專題，後來擴大為《文化中國叢書》，共十一冊；雲漢負責主編其中一冊《中國現代化的歷程》。這是我們學術志業的開端。

　　那是我們年少的青春歲月。時值文革結束，百廢待舉、百家爭鳴，海內外知識界積極尋思中國的出路，有西化派、自由主義、傳統主義、社會主義等思潮和派別，我們受到胡佛老師自由憲政主義思想的啟迪，重視人權、自由與法治，同時也透過中國近現代史的軌跡，梳理五四以來思想文化界的理路，體會到不同思潮的發展及其限制。

　　一九八一年，我們赴美留學，雲漢兄去明尼蘇達，專攻政治經濟學、比較政治與國際關係；我去了紐約哥大，研究政治思想、比較社會主義。以後每過一兩年，他來紐約小聚，就住在我那裡，他結婚後與夫人孫自芳女士聯袂同行。我們經常交談到深夜，也與大陸留學生時相往來，逐漸認識到大陸的發展軌跡。

　　一九八七年，他回台任教，第二年我也回到台大。他的學術研究備受肯定，跨國的「東亞民主」經驗研究受到高度的重視，而且教學認真普受學生的推崇。

　　他發表了許多重要著作和論文，從政治學的跨國經驗研究、東亞民主價值的探討、美歐新自由主義的困境，中國大陸改革開放面臨的挑戰，乃至台灣的民主參與

和政治行為，普受中外學界重視。我們也在常年與胡佛老師的聚談中，深刻了解憲政主義在台灣面臨的挑戰，以及中國文化在現代化過程中的考驗與調適。

有一回，胡佛老師打電話給我，說雲漢新著《高思在雲》頗有見地，深思熟慮、氣宇軒昂。我意識到雲漢兄已深刻體悟美國式民主與西方價值觀的困境，以及新自由主義的自私褊狹，同時也為中國現代化的發展尋找另類出路。這是我們在一九七〇年代探索中國的初衷，也是多年來在美國親炙資本主義民主之弊的深切反省，經過近四十年的探幽訪勝，現在終於回到開端，進而面對最根本的問題：到底中國要往何處去？

雲漢和我的答案不盡相同，他從細緻的經驗研究出發，立足台灣，深刻理解大眾的民主觀和政治意向，進而探索民主的真諦。他超越了美歐的「普世價值」，對西方民主的衰頹提出了批判；同時也積極探尋中國現代化歷程，並指陳台灣民主化進程中一些歧出現象。他無畏橫逆，堅持講真話做實事，為知識分子的獨立人格與道德良知，樹立新的楷模！

雲漢兄擔任蔣經國基金會執行長歷二十年，擔負國際學術交流重任，備極辛勞。近年來，他承擔「蔣經國總統圖書館」的建築與規畫任務，從無到有，戮力親為，全賴募款支應，可說是鞠躬盡瘁、居功厥偉！

在他離世前的那天早上，我打電話給他，討論胡佛老師遺集的出版事宜，他沒有接電話，也沒有回電，當天晚上九點，就匆匆遠離了塵世。在慟悼之餘我想說的是，他的學術志業後繼有人；他的人格光輝，也將照拂中華大地，感動人間！

謙謙君子，溫潤如玉——
懷念與老友雲漢的同窗情誼

林澤民 / 美國德州大學奧斯汀分校政府學系教授

那天赴金寶軒向老友致禮，不覺涕泗縱橫。

四十年前，我來到雙子城，進入明尼蘇達大學（University of Minnesota）政治系博班研讀。雲漢比我早兩年先到明城。我久聞他的名氣，深慶得以同窗切磋。

當時真的是同學少年，意氣風發。我的第一學期，系裡兩位教授在APSR發表了一篇文章，雲漢跟我覺得文章的計量分析有可以改進之處，便跟老師要了資料重新分析，由雲漢主筆寫了一篇通訊評論，投到APSR。不久獲得回覆，雖然編輯拒絕刊登，可唯一的評審人竟然是建議接受的！這個經驗給我的鼓勵非同小可，它對我未來的學術生涯起了推進的作用。

那篇文章的兩位作者，一位是Raymond Duvall，另一位是John Freeman。Duvall後來成為雲漢的指導教授，論文有一章旋即在 *International Organization* 發表；Freeman則找我當他研究助理，合寫了一篇文章刊登在 *American Journal of Political Science* 上。雖然兩位老師的寬容及指導令人敬佩，雲漢帶領我寫作學術文章投稿的經驗，對初進博班的我，彌足珍貴。

時間飛到二〇一四年，當時Duvall擔任明大文理學院院長，Freeman擔任政治系主任。在兩位的促成之下，雲漢獲選為明大國際傑出校友，返校獲頒此項榮譽，並應我之邀，與自芳相偕來奧斯汀演講。作為當年同學，我真真覺得與有榮焉。我把噩耗傳給兩位老師時，兩位都非常傷感。Duvall難過地說：「雲漢走得太早太早了，他不只是傑出的學者，他有著特別善良溫厚的靈魂，他是一個真正了不起的人！」

「Kind and gentle soul」，用我們的話來說，就是「謙謙君子，溫潤如玉」。

在雙子城的四年，乃至於結交迄今的四十年，雲漢給我的印象就是這八個字。這是雲漢一生最恰當的寫照。他才氣煥發，說話口若懸河，但我從來沒聽他批評過任何人，包括那些批評他兩岸立場最厲的人，他只是依他多年研究民主與治理的學術認知來形塑他的意見。

雲漢創建亞洲民主動態調查（ABS），執掌蔣經國基金會，為世界各地學者對台灣、中國、亞洲的比較研究鋪設基礎設施，讓台灣在國際人文及社會科學研究上受到重視。他晚近又抱病籌辦台北政經學院（TSE），以他的國際視野設計藍圖，要在台灣設立類似倫敦政經學院（LSE）的學術重鎮。他個人學術著作的國際影響力在台灣政治學界領袖群倫，但他總是謙遜自持，風度翩翩。

雲漢充滿熱情地幫助台灣學生。在雙子城，我們參與了一個教育基金會，定期發出募款函幫助台灣偏遠地區的貧童就學。他回台後對教育的付出也是如此。我看過他為許多學生申請博班入學的推薦信，每封都從專業觀點寫得非常詳盡、極力支持。

在雲漢靈前短短的幾分鐘，明大四年的同窗情誼有如走馬燈轉過。我欲悼無言，只有流淚。老友別了，你的一生是精采的，你應該沒有遺憾。你給我的最後訊息說：「希望在疫情過後，我們能夠正常相聚。」你食言了，我不怪你。我只能說：如果有來生，我希望我們還能再有四十年的交情。我們來生再見！

痛失英才，永懷良友——追思朱雲漢院士

金耀基 / 前香港中文大學校長

　　二月六日晨，香港大學的梁其姿院士致電於我，惋惜地說朱雲漢院士於二月五日在台北與世長辭。在那一刻，我簡直不能相信我聽到的。不久前，蔣經國基金會的一個視訊會議中，朱雲漢兄像往常一樣，做了條理分明的報告，精神上不見有任何異樣。怎知他昨日竟走了？！隨即我致電基金會的宋翠英主任秘書，翠英說朱執行長雲漢患癌已經近五年，他獨自默默地與病魔苦鬥。翠英沉重的語音，顯然她還在沉沉的哀傷中。之後不久，陳方正兄又WhatsApp我雲漢逝世之事，我即WhatsApp回說：「朱雲漢是一位難得的人才，德學兼備，六十七歲離世，痛哉！惜哉！」

　　我認識朱雲漢先生已經三十多年了，我們第一次見面時，他是蔣經國基金會的副執行長，也是台灣大學政治學系教授，他在民主化問題上，已聲名甚著。記得是二○○○年，基金會董事長俞國華先生病故，李亦園執行長被選為董事長，李隨即推薦朱雲漢為執行長。而此時，香港中文大學在世界範圍內，延聘朱雲漢為政治系講座教授。我當時甚感左右為難。從中大言，我當然強烈希望他去中大，但從基金會董事身分言，我同樣強烈希望他留在基金會。最後，朱雲漢決定留在台灣，並全心全意地擔負起蔣經國基金會的工作。二十多年來，雲漢先後在李亦園、毛高文、錢復三位董事長的充分信任與支持下，充分地發揮了學術行政的長才。他在李亦園執行長奠定的卓越基礎上，一步步強固基金會的世界級聲譽，使蔣經國基金會在學術界產生深遠的國際影響力。最難能可貴的是，除基金會的工作外，雲漢在學術研究上一樣有傑出的表現，他主導的「亞洲民主動態調查」（ABS）的跨國（十九個國家）研究，成績斐然，出版了一系列的學術論文與專書，深受政治學界的推崇與

肯定。近十年前，我之所以毫無保留地與胡佛教授推薦朱雲漢為中央研究院院士，實出於我對於雲漢的學術成就的由衷讚佩。事實上，當時美國政治學會（American Political Science Association）的會長就認同朱雲漢是他這一年代的台灣政治學界第一人，二〇一五年，他的《高思在雲》一書，深刻闡釋了二十一世紀世界新舊秩序的移轉與更替，在在展現了他的政治學的慧思與識見。

朱雲漢院士一生研究的核心是民主化問題，他是一位古典民主的信仰者，但他沒有「民主迷思」，他對世界民主浪潮的起伏升降，深有了解；他對民主的「民粹化」、惡質化極為鄙棄與警惕，但他對心懷百姓、創建憲政民主的蔣經國是充滿敬意的，此所以他在基金會執行長任內，一手催生成立在經國七海文化園區內的「蔣經國總統圖書館」，這已成為台灣的一個文化新景點。雲漢兄月前在電話中說，希望疫情過後，陪我參觀經國七海文化園區。而今語音仍猶在耳，但雲漢兄已遠去星空，哀哉！痛哉！

此情可待成追憶

柯建銘 / 立法委員

我和雲漢兄的緣分，從一本書開始。

二〇〇〇年首度政黨輪替，阿扁總統執政。我當時有感於台灣正進入一個關鍵的年代，需要做正確的選擇，因此撰寫《為新世紀點燈》一書，分享自己在政治、財經、貿易、能源、科技和兩岸關係上的思考與心得。雲漢兄當時在台大任教，是胡佛教授弟子，知名的自由主義學者，對我的論述頗多讚許支持，我因此不揣冒昧，請他寫序，他慨然允諾，為文肯定我的專業問政、大陸政策思維、人文關懷和對台灣土地與人民的承諾。此份情誼，我一直感念在心。但人生的際遇轉折實難言，造化作弄人，二十年前雲漢兄爽快答應，幫我寫序文，今日卻成我為其寫追思文。

二〇一八年政府制定《財團法人法》，雲漢兄代表蔣經國國際學術交流基金會來看我，表達基金會的疑慮，強調政府的立法思維可能會使得基金會的學術獨立地位難以為繼，民間捐助人的初衷遭到漠視，國際學術公信力與聲譽遭到折損。我則是解釋，政府訂定《財團法人法》是與《洗錢防制法》有關，不是針對蔣經國基金會。我相信政府無意改變蔣經國基金會民間財團法人的定位，願意將來在法案施行過程中若出現爭議時，主動出面與行政院等各方面溝通協調。

事實上，我知道基金會在雲漢兄領導下，結構健全，運作正常，已經建立國際聲譽，應該維持其學術地位，永續、正常、合理地營運，而不應該被汙名化。我告訴雲漢兄，基金會在國際學術界補助漢學研究、台灣研究合情合理，不會有藍綠的問題。但是我也表示，由於政府捐助比例就是百分之三十七左右，增加政府董事席

次也是合理，不過這些董監事一定要具備應具備的資格，政府不會任意推派人選。此外，我們彼此都同意，基金會目前董事中有很多德高望重者，如果其中兩三位轉換為政府推派董事，可以避免突然變動過多，對董事會結構影響太大。我還請他不用擔心，因為就我所知，《財團法人法》生效後，政府無意動用增資規定，將基金會回復為政府出資超過百分之五十的政府財團法人。

如今看來，我和雲漢兄的努力是成功的。了解了基金會成立的背景和成就後，許多的誤解因而化解改變，也明白由於國際學術獎助業務的特性以及台灣特殊的國際處境，將基金會定位為一個由政府與民間共同捐助成立，獨立運作之民間財團法人是妥當的做法。而未來教育部的工作就是主管監督，不會干預人事與業務。

於公於私，我都為自己能在這件事上出一份力而感到欣慰，也樂見基金會的茁壯成長，因此當「經國七海文化園區」開幕時，雲漢兄邀我參加蔡總統將蒞臨致詞的開幕典禮時，我滿心期待，但後因十八歲公民權修憲案要出席委員會，所以無奈取消，當時心中還頗為懊惱。

這麼多年來，我一直把雲漢當兄弟，沒有藍綠，交談中感受誠懇與真誠，從不給人壓力的學者之風。雲漢兄走了，靈堂致意，心中感到無限哀悽與不捨。猶記得去年，我注意到他臉色蒼白，曾嚴肅告誡他，要保重身體，提醒他生命最重要，不要再為基金會事務煩心了，但是他顯然沒有聽進去。唉，如今思之，於事無補。但是往事歷歷，想想我和雲漢兄這一段特殊情誼，只能苦澀地說一聲，「此情可待成追憶」。相信雲漢兄終其一生的努力，必有其歷史定位。

懷念高思在雲的民族之光

胡為真 / 前總統府資政

朱雲漢兄是一位令人敬佩的學者，也是我個人的好友。將近三十年前，我應國家政策研究中心田弘茂主任的邀請，參加中心與國外學者的交流活動時，便認識了雲漢。當時便對這位獲有美國明尼蘇達大學（University of Minnesota）博士學位的年輕學者印象深刻，因為他對問題有見解，發言有內容，英文流暢，具說服力，而且態度不卑不亢，待人親切真誠，以致到處受人歡迎。

後來他與各國學者來往愈多，而且接下蔣經國基金會的邀請，擔任執行長之後，更積極拓展與世界各國學界的關係、支持各地的學者做漢學及各項相關研究。從每年的年報中便看出他認真負責，做得有聲有色，績效卓著，凸顯了台灣地區在弘揚中華文化上的重要性，把基金會成立的宗旨充分展現，便令我對雲漢有了進一步的認識和尊敬。

二〇一五年一月二十八日，我收到了他親簽的大作：《高思在雲：一個知識份子對二十一世紀的思考》，一讀之下，發現他把世界格局的改變及趨勢做了十分清楚的整理和分析，而且對我等安身立命的台灣也提出了諄諄建言，十分欣賞。恰巧我那時應聘到中原大學擔任通識中心的講座教授，所教授的課程是「國際現勢與兩岸關係」，乃立刻把這本書作為我的教科書之一，每年都要求學生細讀後撰寫讀書報告。當我告訴他，他的書受到許多年輕人的迴響時，他笑得真是燦爛。

雲漢令我最敬佩的成就便是蔣經國總統圖書館的落成。這個美輪美奐多功能的圖書館與美國任何一個總統圖書館相比，都毫不遜色，但外界未必知道要建成這個有高格調、紀念性和教育功能的觀光勝地，以及台北市的新地標，是多麼地不容

易。我知道雲漢兄為此去尋找世界一流人才設計、建築,到國內外籌款、聯絡,大小事情的研究、張羅,多年來真是盡心盡力、鞠躬盡瘁。去年落成之後,他請我去參觀並且親自導覽說明,我看後極為感動,因為這個圖書館以及七海官邸的修整開放,把經國先生的思想、為人和對台灣偉大的貢獻表達得淋漓盡致,使我不禁對他讚嘆說:「雲漢啊!記得嗎?以你的才學和民族情感,我曾期盼你為國家寫一本新三民主義,現在看到這個圖書館的成立,這不正是新三民主義的具體表達嗎?」他聽後安慰地笑了。我怎麼曉得他這時已經罹患了重症?

雲漢的民族情感至少有一部分來自家庭。雲鵬、雲漢兄弟的父親啟芳先生早年就是在國家民族的危難中挺身而出,為了救國救民而到杭州警官學校讀書,獻身警界。由於先母葉霞翟教授抗戰前便是杭州警官學校第三期畢業,與啟芳先生應是前後期同學,所以我們交流到此事時都很欣喜。但我知道雲漢的眼光更是提高到國際,投射到未來,盼望以台灣作為寶地,讓中華民族為國際社會做出更大貢獻。

追思朱雲漢院士

馬英九 / 中華民國第十二任、第十三任總統

　　朱院士雲漢兄，最近以相對年輕的六十七歲，驟然因病辭世，留給世人極度錯愕與無限不捨，我更是難過與感傷。難過我失去一位博學多才，願意誠摯給我建言的好友；感傷台灣少了一位對國際、兩岸都有深刻研究與深遠影響的重要學者。

　　雲漢兄著述等身的學術成就，在國際政治學界早享盛名，被尊為台灣第一位享譽國際學界的政治學者。身為政治學者，他對台灣政經領域的研究貢獻卓著，對我國民主發展的未來亦影響深遠。

　　有評論認為，「朱雲漢可能是最後一位，能夠同時受到美國國務院、智庫、外交政策協會等專家尊重的台灣學者；也可能是最後一位，能夠藉由自身研究的客觀、卓越分析受到大陸敬重，讓大陸方面充分了解，只要台海戰爭一起，將重創中國的經濟，更會讓中國的崛起走向挫敗。」我想這是對雲漢兄相當公允且深刻的描述與評價。

　　二〇一四年起，雲漢兄在《天下雜誌》撰寫專欄，今（二〇二三）年一月，他在「朱雲漢專欄」寫下〈美國軍售地雷 台灣必須覺醒〉一文，該文同時也登載於《天下雜誌》第七六五期，我在讀完後深感敬佩與震撼。沒想到雲漢兄學識如此淵博、反應如此快速、立場又如此客觀公正，一如他名著《高思在雲》的氣勢格局。他還特別抱病與我們基金會聯繫，希望我能出來為這個議題發聲，我們任何人都沒想到，那竟成他最後的遺願。

　　我聽到雲漢兄有此建議後，立刻要馬英九基金會二月的「奔騰講堂」舉辦一場講座，和社會大眾討論美國對台軍售「M136火山（Volcano）車載布雷系統」（十

分鐘即可部署一萬三千四百四十枚地雷）的影響，要讓民眾警惕，台灣不該允許任何形式的布雷設備在台灣部署任何地雷，台灣民眾應該更有意識地認知到地雷的禍害與後遺症。我也責成同事特別邀請雲漢兄到場，很遺憾天不假年，他終究沒能出席。那天講座開始前，我們先分送出席人員雲漢兄的專欄大作影本，再由全體起立為這位先知先覺的大學者默哀一分鐘，表達我們對雲漢兄最大的敬意與追思。

雲漢兄一生謙沖自牧，多年筆耕不輟，持續透過著書立說，奉獻國家社會。有太多人受他啟蒙，面對他的突然離去，內心都蒙上了深刻的錯愕與悲痛、感慨與不捨。他早早就透析了全球政治經濟格局，並看見世界正面臨新舊秩序的轉變；近年來，雲漢兄持續反思西方發展路徑的走向，更因此承擔著先知的孤獨。

雲漢兄師承恩師胡佛院士研究東亞民主的「民主、科學、愛中國」，即便是意識型態與他不同的人，也都深深認可他的學養與風範。我認為，我們不僅要緬懷他在研究台灣民主化過程的巨大奉獻，感念他將台灣推向國際社會的不懈努力，更要聽進去雲漢兄離世前的最後一聲警告，抱著無限的哀思，實踐雲漢兄的遺願。我深深企盼，能讓國內更多人共同思考，如何讓兩岸避開戰爭與殺戮，我想這是在天上的雲漢兄，直到最後一刻仍念茲在茲的。

我深知，雲漢兄一生關心的，都是台灣的安危與人民的幸福。

追思雲漢

高朗 / 台灣大學政治學系名譽教授

　　雲漢大學高我兩屆，我們認識超過四十年，在胡老師家開始熟識。記得雲漢留學時，很會照相，有次在胡老師家，他用幻燈片播放明尼蘇達校園的雪景，拍得真好。他娓娓道來，一張張介紹，像講故事，極為生動。那晚他聊了不少留學生活，大家聽得津津有味。

　　胡老師很看重雲漢，雲漢深受胡老治學做人影響，後來傑出的表現，沒讓老人家失望。回國後，雲漢將胡老師的研究團隊，逐步擴展，從台灣選舉研究，變成跨國的大型民主研究，進而在台大成立東亞民主研究中心。胡老師去世後，為紀念其貢獻，經學校同意，東亞民主研究中心更名為胡佛東亞民主研究中心。雲漢非常感恩，記得他當選中研院院士，我與懿慧寫信向他祝賀，他回信說：「沒有胡老的栽培，絕無可能有今日。」

　　我們看到的雲漢非常忙碌，永遠同時做很多事，講學、做研究，主持計畫，推動國際與兩岸的交流，後又挑起蔣經國基金會的重擔。他的能力與才華，世所少見，又寫得一手好文章。待人接物，氣定神閒，風度翩翩；處事周詳細緻，有條不紊；再繁雜的事，在他手上總是迎刃而解。

　　回顧雲漢走過的軌跡，有幾項不可磨滅的貢獻。一是提升台灣民主研究在國際能見度，他主持大型跨國民主研究，連結台灣學界與國際一流學術單位合作，大幅提升台灣政治學界的研究能量。二是帶領蔣經國基金會贊助支持全球漢學研究，觸角延伸多國，成就斐然，成為中華文化最有力的推手。三是雲漢關心兩岸關係，多年奔波，不辭勞苦。他的觀點與立論，深受各方敬重，對兩岸和平發展，發揮積

極、正面與建設性的作用。

　　近年在思想上，他的朋友們看得出來，雲漢有不同的變化。在全球巨變與中國崛起的當下，他有著深沉的反思，對西方理論的盲點進行檢討，試圖從新的視角洞悉世局。他寫的兩本書《高思在雲》和《全球化的裂解與再融合》，以及在各地的演講，皆透露出他以宏觀的思維，登高望遠，剖析全球及中國未來的走向。

　　如果雲漢不生病，一定會有更多精采的論述與文章問世。回想最後同他見面是二〇一九年，那年他來香港，我們一起吃過幾次飯。後來，在杭州出席胡老師安葬儀式，我們再次碰面，大家還陪師母一起晚餐。那時聽說他生病，但看起來一如往常，以為控制得很好。疫情期間，不時看他寫文章，還出席活動，其間我們還通過幾次電話，以為沒有大礙。那天早上看到雲鵬宣布弟弟走了，我確實嚇一跳，深深感到難過。因為不久前，為出版這本胡老師紀念集，他還電郵我協助提供贈與名單。

　　私底下的雲漢是有趣、熱心的人，他的常識豐富，興趣廣泛，生活極具品味，同他聊天是一大樂事。雲漢也樂於幫助朋友和學生，去世後看到這麼多師生及好友追念他，懷念的不僅是雲漢對學術的貢獻，更多的是感懷他難以企及的學養風範。

　　幾個月前，雲漢在群組轉來西皮唱腔的李白〈將進酒〉。當時感覺訝異，雲漢何時喜歡京劇？聽之後，我也喜歡，後來了解這是改良的京劇。〈將進酒〉曲調高亢，豪壯悲涼，最後那句「與爾同銷萬古愁」，可能是他那刻的心情吧！我當時不懂，現在稍稍可以體會了！

台灣政治學界巨擘——追憶恩師朱雲漢院士

張佑宗 / 台灣大學政治學系教授、中流文教基金會執行長

　　二〇二三年二月五日晚上九點，我接到老師過世的消息。當時腦筋一片空白，如同作夢一般很不真實。老師生病五年多，癌細胞一直控制得很好，過年期間我們還互傳賀年簡訊，沒想到老師會走得這麼快。

　　老師跟我結緣很久。一九八七年老師拿到明尼蘇達大學（University of Minnesota）政治學博士後，放棄芝加哥大學教書機會，收拾行囊回台大政治系。我第一次是在胡佛院士主持的工作會議中碰到老師。老師給我的第一印象是頭腦清晰、分析有條理，學識更是淵博。以我個人的經驗，台灣政治學界從沒有出現過像老師這樣厲害的人。

　　一九九三年我退伍後，陷入人生重大抉擇，到底要就業或出國念書？老師指引我第三條路。有天晚上老師很高興打電話給我，說我考上政大博士班，以後就跟他做研究，其他的不用想了。從此之後，老師做什麼，我跟著做什麼。老師有多忙，我就有多忙。一九九五年，老師在國家政策研究基金會支助下，舉辦「第三波民主化」國際研討會，會中邀請多位國際最知名的民主化學者，會後出版 *Consolidating the Third Wave Democracies: Trends and Challenges* 這本書，後來成為研究第三波民主化經典書籍之一。二〇〇五年我住院開刀，五天中老師來醫院看我兩次，當醫生告知檢查結果沒有問題時，老師鬆了一口氣，告訴我，他擔心會不會把我累出病來了。

　　老師在台灣政治學界的成就無人能比，獲得中研院院士、世界科學院（The World Acadmeny of Science, TWAS）院士、美國政治學會（American Political Science Association, APSA）理事等榮譽。老師一手創立與推動的「亞洲民主

動態調查」（ABS）計畫，更讓國際學術界看得見台灣的研究成果。自二〇〇四年後，本計畫正式成為「民主研究機構網路」（Network of Democracy Research Institutes, NDRI）的會員，此網絡為全球性學術組織。並且，聯合國教科文組織「國際社會科學理事會」（UNESCO International Social Science Council）評定本計畫是全球重要大型調查資料計畫之一，同時獲得聯合國開發計畫署奧斯陸治理中心（UNDP Oslo Governance Centre）的認同，列入該中心收錄之全球良好治理指標中。在Russell J. Dalton和Hans-Dieter Klingemann 合編的 *Oxford Handbook of Political Behavior*，以及Carles Boix和Susan Carol Stokes 合編的 *Oxford Handbook of Comparative Politics*，這兩本政治學最重要的參考書裡，將本計畫列為全球政治學重要大型調查研究計畫之一。「亞洲民主動態調查」蒐集的調查資料，讓很多位台灣年輕的政治學者，能夠在國際期刊中發表。跟老師相處越久，越感受到與老師之間的差距，我永遠追不上老師的成就。

　　老師臨走前，鄭重交代我兩件事。第一件是要我把中流基金會的工作辦好，延續胡佛院士推動兩岸學術交流的精神。第二件是希望我協助「亞洲民主動態調查」計畫，讓本計畫繼續引領全球民主化研究的發展。請老師放心，一路好走，您交下的重擔我會承擔，並且一棒一棒交接下去。

停雲之思——略憶朱雲漢老師與台大政治學系

張登及 / 台灣大學政治學系主任

　　這篇回憶的小文起筆的時候，距離朱雲漢老師離開台大政治學系已有三週。三週以來，許多師友同仁已經寫了不少令人動容的緬懷和推崇其學術成就的文章。後學忝為朱老師的後輩系友與同事，因緣和專業的關係，直接追隨他的機會不多。所以有關朱老師身為國際學術領袖的成就，筆者委實沒有資格贅言。

　　不過在大學部就讀時，筆者雖因單雙號分班，錯過了他剛返系開授的兩門大課：「比較政府」和「政治學方法論」，只從會議和同學共筆中對他有初步印象。但緣分奇妙之處是，碩士班以後從國關理論觸及科學哲學問題，加深了對朱老師治學思路的親切感。而這些吉光片羽的印象，到自己也回系工作，特別是聆聽他分析國際政經大勢的演講，與拜讀甚至寫作引用他相關著作時，才慢慢變得完整鮮明，也體會到為什麼朱老師不只是一個院士級的飽學之士，更是有魅力的學術領袖。

　　朱雲漢老師早在一九七三年就結緣政治學系國關組。一九七七年又考取母系碩士班時，拜入胡佛教授門下，兩人同為台灣經驗政治研究方法與民主化研究的先驅。十年之後朱老師從美國取得博士學位返系任教，與胡老師先後當選院士，傳為美談。到今年朱老師在教席崗位上辭世，任教母系超過三十五年。如果加上在校就讀的時光，朱老師與政治學系相互提攜之情超過四十年。朱老師在系時曾開授的「比較政府」、「政治學方法論」、「國際政治經濟學專題」都是熱門精采的大課。他執教三十餘年，在系上指導超過二十五位碩博士。若加上在國發所、政大、中山、師大的受業學生更超過三十人。這些學生有許多日後成為學科的擔綱者；若說他對政治學系是終身貢獻、鞠躬盡瘁，當不為過。

筆者得以有更多機會體會朱老師的學問和風度，則得益於他傳承和推動胡老師創辦中流基金會的中國大陸交流與研究。淺見以為，這不僅是朱老師為胡老師的遺志繼續奉獻，更與他在政治學系一路以來的研究主題──選舉與政黨、民主價值與民主化的經驗研究、比較東亞／世界政治文化與價值、民主品質與治理模式興衰、文化價值對國際政治經濟結構和變遷的根本性作用，密切相關。中國大陸政經發展與美中大國競爭的劇烈變化，正好是躬逢且注定身陷兩岸危機交織的台灣政治學者，必須用溫情與正直去應對的。而其結局與解局，不僅關涉你我和千千萬萬世人的生死命運，也直指危機中現代社會科學的前途。

　　朱雲漢老師的高思不只停雲在星河之際，也遠遠超越了楚漢相爭的兩極故事，卻似乎永遠定格在二○二三這個世局大變的前夕。筆者可以確定的是，政治學系的師生會永遠懷念朱老師開朗的笑容。也盼望他遼闊的視野，能給我們帶來祝福和幸運。

國際學術交流的無私推手

梁其姿 / 香港大學講座教授、李約瑟-毛文奇基金教授

今年二月六日清晨驚聞雲漢兄病逝的噩耗，不能置信，悲慟莫名，久久不能自己。生命何其荒謬，如此優秀的學者、傑出的幹才、真誠敦厚的人，竟在他人生登上高峰的一刻遽然離去。

雲漢兄無論在國際政治學界或在公共領域都是重量級的發言人。雖然我們的專長相差甚遠，但是因為曾共同參與蔣經國國際學術交流基金會的工作而結緣。我二〇〇四年進入基金會任副執行長。當時董事長是李亦園院士，執行長是雲漢兄。我的責任是輔助執行長推動全球漢學與台灣研究，強化台灣的國際學術地位。這個工作我做了四年。二〇〇八年我接受香港中文大學之聘返回家鄉香港，不得不辭去蔣經國基金會的職位，但此後我仍每年回台參與基金會的審查工作，與雲漢兄一直保持緊密聯絡。二〇一八年我還邀請他到香港大學與王賡武先生討論近現代中國的發展。雲漢兄學養深厚、口才便給，這場論壇當然十分精采。

二〇〇四年至二〇〇八年，這四年間，我在基金會的工作項目雖然很多，但是最讓我懷念的是與雲漢兄共同推動歐洲漢學研究的豐盛歷程。李亦園先生早在一九九七年於捷克布拉格查理斯大學（Charles University）成立蔣經國國際漢學中心（Chiang Ching-kuo International Sinological Center）。雲漢兄自二〇〇一年任執行長以後更全力推動歐洲的漢學與台灣研究。他與前任副執行長王秋桂教授建立了一個機制，結合對東西歐國家的不同補助策略，以建立台灣與歐洲學界的長期合作關係。這四年間，我與雲漢兄每年春天到布拉格的漢學中心與當時來自西歐學界的資深學者共同審查研究申請案，並討論歐洲地區研究的發展趨勢。那幾年無論在

漢學人才的培育、台歐研究的合作、研究成果的傳播等均有長足發展。聆聽當時幾位魅力十足的前輩學者的意見，更讓我們受益良多，其中德國的瓦格納（Rudolf Wagner）、英國的杜德橋（Glen Dudbridge）教授今已作古，令人懷念。

每年到布拉格開會之前，我們必先訪問一個東歐國家的漢學教研單位，並在當地與其他東歐學者開會討論研究申請案。東歐國家的經濟條件雖然不及西歐，但是深厚的文化底蘊令我們印象深刻。記得四年間我們訪問了波蘭的華沙、匈牙利的布達佩斯、俄國的聖彼得堡、斯洛維尼亞的盧布爾雅那。當年我們與幾位東歐學者開誠討論他們的具體研究需要，以制定最有效的補助方式，其中台歐人才交流與訓練是重點，幾年下來，透過增強台歐合作確實促進了東歐的研究能量。二〇〇六年春我們在冰雪中的聖彼得堡舉行會議，在當地科學院東方文獻研究所（Institute of Oriental Manuscripts, Russian Academy of Sciences）的牽線下，參觀了冬宮博物館（Winter Palace）所藏的精采敦煌文物，啟動了雲漢兄領導基金會專家團在同年秋天的敦煌之旅，探討協助敦煌文物修復的可行方式。

這四年我目睹雲漢兄在推動國際漢學多方面發展時所付出的心血，深深佩服他的高瞻遠矚與務實的策畫能力。他獨特的領袖人格——無私與包容——為基金會贏得國際學術界一致的尊敬與信任。他這個耀目的成果，也成為我最美好的回憶。

你是誰，比你做什麼更重要

盛治仁 / 雲品國際董事長

最近有兩則不幸的消息，星雲大師和朱雲漢老師相繼辭世，十分震驚不捨。對我而言，兩位都是不同領域的典範人物。

跟星雲大師結緣是在文建會任職時期，民國九十九年籌備建國百年系列活動時，規畫在一百年八月廿三日晚上假尚未完工的佛陀紀念館舉辦跨宗教的「愛與和平」祈福活動去拜會大師。大師同意合作辦理這個很有意義的活動。

記得當天早上在金門和平鐘揭幕後，下午兩點多趕到高雄時還滂沱大雨，心想五點的活動怎麼辦。結果四點四十五分左右雨停，然後太陽露面，這個跨宗教的上萬人活動順利進行。晚間活動一結束，離場時又開始飄雨，真是神奇的一天。大師當時告訴我，這是佛陀紀念館的第一個活動，去年答應了我們之後，就努力安排工期務必要能順利執行，一諾千金的態度和執行力讓我感動又感謝。

離開公職之後，受邀參與星雲新聞獎的評審工作多年，也多次與佛光山相關組織合作，並曾至佛光山對來自世界各國的佛光青年演講。說這個是因為想表達佛光山從沒因為我是基督徒而有所分別，不但讓我感受到佛光山的包容性，也讓我有機會更了解大師帶領佛光山對各項社會事務的關懷和投入。

能認識朱雲漢老師，則是在我還是個年輕學者時，朱老師就提攜後進，邀請並帶領我出席於夏威夷東西方中心（East-West Center）舉辦的東亞選舉民主發展研討會上發表論文，接著則是在各類學術會議及場合上的會面。近年來在經國七海文化園區的籌備上，本來也有洽談業務上的合作，雖然最後沒有實現，但也看到了朱老師對經國先生園區的投入與堅持，歷經長期的奮鬥克服各種困難終而大功告成，留

下了可長傳後世的總統級規格紀念園區。朱老師不只學術成就卓越，知識範圍涉獵廣泛，文化藝術底蘊深厚，為人溫文儒雅又格局遠大，一直是我仰慕學習的對象。

我跟這兩位心目中的典範人物並無深厚的私人交情，而是從遠處仰望他們為人處世的態度。兩位都非常符合英國管理大師韓第（Charles Handy）在《你是誰，比你做什麼更重要》一書中描述的理想。

他們都對自己的志業充滿熱情，找到自己的黃金種子後全力發揮，對社會做出正面貢獻。不管是論職務或是財富，兩位都並非高官巨富。但是他們的影響力、對社會的關懷貢獻，以及讓周遭人感受的溫暖，都是讓大家銘感於心而無法忘懷的。一個人離開時，大家記得的不會是此人擔任過什麼職務或是擁有多少金錢，而是他做過哪些事？是什麼樣的人？以及在互動時所留下的回憶。所以說，你是誰，比你做過什麼職位更重要。

因為這兩位典範人物的離去，讓我最近更加思索人生的意義。他們都不是敲鑼打鼓告訴外界自己做了多少事的人，但在一己的崗位上卻完成了多數人無法企及的正面貢獻。希望自己能夠學習他們的榜樣，謙卑待人，以及用愛心做有意義的事。沒有人知道自己還有多少時間，只能盡量讓每一天都活得值得，謝謝星雲大師和朱雲漢老師留下的典範，rest in peace。

銀槎未半渡，大星竟殞落——痛悼雲漢

許倬雲 / 蔣經國國際學術交流基金會榮譽董事

雲漢英年早逝，令人痛心。

雲漢的學養及其工作能力，在台灣的人文社會學界，眾人皆知。我和他結緣，是由胡佛介紹。第一次見面，是在《中國時報》董事長余紀忠召集的一次大型會議之中。這位年輕人雖然還在讀研究生，但是英氣溢於眉目，談吐清楚、有條有理，令我印象甚深。

後來有所交往，對雲漢更深一度的認識，乃是在一九八九年。那一次經過並不愉快的所謂「國是會議」，我和胡佛、雲漢三人在會外有過一段談話。我們注意：中國人治事的態度，我特別提出諸葛亮接受劉備托孤，他的承諾：「竭股肱之力，效忠貞之節，繼之以死！」我們又討論剛故去的蔣經國總統，以及重病在身的孫運璿院長。關於他們的處事態度，我提到：「諸葛一生唯謹慎，呂端大事不糊塗。」

我們約定，此生矢志：弘揚中華文化，仁恕為本，推動民主，實踐均富，期待如此價值，長佑人間。

當時，我對雲漢說：「你年事方輕，前途無量。我對你的印象，一則以喜；另一方面，心境也不無沉重。因你的氣質，眉宇之間的神態，我欣見台灣有如此年輕的學者，願意擔起如此責任。另一方面，有如此能力，而又能體驗蔣、孫二公的歷史評價，願意一肩擔起責任的人，你必須了解，任重道遠，是終身的承諾。」

今天回顧，我毋寧感覺到默默的哀鳴。天地生才，何其不易，而天地之間，有如此擔當，能夠負起大責任的人，世人對他們的期盼又何其沉重。

一九九九年，經過胡佛介紹，李亦園邀請雲漢參加蔣經國基金會，擔任副執行

長，兩年後升任執行長，前後達二十四年之久。這一段時期，也可以說是雲漢得到施展大才的機會，而他的擔子也就相當沉重。尤其後期，董事長李亦園的身體日趨衰弱，大多工作，由雲漢一肩擔起。在他任內，蔣經國基金會不僅推動國際間中華文化的研究，又增加兩岸之間文化學術的合作交流。正如錢君復董事長所說：蔣經國基金會的任務，對外是宏揚中國文化的研究，對內則是重啟兩岸之間合作機制，保存中華文化精華，並得發揚光大：這是重大的使命，也是必須擔起的責任。

他二十四年來的工作，是何其沉重，而他的投入，又何其深刻。自此以來，蔣經國基金會在美洲、歐洲與亞太地區組織、參與學術會議，並贊助學術文化活動，在大陸更推動兩岸年輕學者研習營。

在台灣，雲漢一手擔起將蔣經國先生七海寓所建設為經國七海文化園區，以及蔣經國總統圖書館的重任。眾所周知，建築工程最是勞心勞力。何況，在藍綠旗幟分明的台灣，如此命名的工程，毋庸贅言，既是動輒得咎，更是寸步難行。這個重擔，他一肩挑起十二年之久；在此期間，他任勞任怨，竟以身殉。

雲漢，你好好走！我找你們的時間也不會太遠，在那邊我們再見吧。

永懷朱老師

郭銘傑 / 台灣大學政治學系助理教授

　　那年申請學校赴美攻讀博士學位，向朱老師提出撰寫推薦信的不情之請。朱老師爽快答應，親筆寫了十四封的推薦信。二月初，與朱老師分享來自德州大學奧斯汀分校的第二個錄取通知時，朱老師回覆寫道：

　　我相信你還會拿到更多更好的。記得一旦決定去哪裡，要趕快通知不去的學校，讓候補的補上。

雲漢

　　雖然是小小的叮嚀，卻反映朱老師此生為人一貫滿滿的敦厚、周到與細膩。

　　申請學校的事塵埃落定後，朱老師邀請我到當時還只是籌備處的中央研究院政治學研究所擔任他的專任研究助理，負責籌辦一個大型國際學術研討會。朱老師對助理的完全信任與充分授權，不但讓自己有意想不到的空間可以發揮各種創意來籌辦會議，同時也得以有幸首次見識到朱老師在晚宴上與眾多外國學者談笑風生的博學多聞與風趣高雅。

　　雖然只是短短四個月，卻對朱老師有更深層的認識：朱老師不但是一位享譽國際的政治學者，還是一位廣結善緣的學術企業家。

　　學成歸國、返台服務後，我與朱老師有了更頻繁與密切的學術合作。朱老師請我一同協助劉兆玄院長進行「王道永續發展指標」的設計與建構；朱老師請我負責籌辦哈佛大學校友及講座教授金加里（Gary King）先生首次來台訪學的國際學術研

討會；朱老師請我陪同前聯合國安理會主席馬凱碩（Kishore Mahbubani）賢伉儷到中台灣參訪；朱老師也請我協助他與鄭永年教授合編《西方中心世界的式微與全球新秩序的興起》一書的英文版與中文翻譯版；朱老師還請我與他和左正東老師在台灣大學政治學系共同開授「國際政治經濟學專題」；朱老師甚至請我與他和黃旻華老師聯名在《當代中國》（*Journal of Contemporary China*）上聯名發表他此生的最後一篇英文學術期刊論文。

當年如果沒有朱老師的推薦信，也就沒有今日之我。對朱老師的提攜之恩，只有由衷和溢於言表的感謝。

謝謝朱老師讓我在而立之年就有許多機會在這個多元而立體的世界中大開眼界。不論是到台北圓山飯店國宴廳成為座上賓，還是去澳大利亞雪梨Tamarama海岸秘境感受太平洋的浩瀚；抑或是到印度Bangalore感受牛與車在路上同行的另類現代性，還是去貴州親歷黃果樹瀑布、千戶苗寨與天眼的碩大之美；甚至是體驗直接搭車從西華門進入北京故宮博物院內的心理震撼。雖然看到的很多，但受限於篇幅而能寫的實在太少。

朱老師如今已羽化成仙。未來雖然不敢奢望自己成為和老師一樣享譽國際的學術企業家，但自許至少能在待人接物上像老師一樣敦厚、周到、細膩，還有不遺餘力地提攜後進。至於朱老師優雅的學術品味與生活美學，則將在潛移默化中長存我心，並在老師執教長達三十六年的母系台灣大學政治學系繼續傳承下去。

解決兩岸危機唯一一人——
悼念我最尊敬的台灣知識分子：朱雲漢

陳文茜 / 文茜的世界周報主持人

他的心房顫動，突然呼吸停止。才六十七歲。

我們的時代往往也是在一個點上，瞬間轉彎。九一一、阿拉伯之春、川普當選、烏克蘭戰爭，……這些都是他長期關注的議題。

是否也是如此，他選擇不就醫，在幾乎不能行走的生活中，讓生命瞬間轉彎？

或許那一刻，他隱約聽聞，眾多捨不得的哭聲。

但他仍選擇決然而去。

我一直以為在這個世界上，能夠與之偕老、聆聽其知識浩瀚，真誠待人處事，尤其處理兩岸危機的人，恐怕只有朱雲漢一人。

他可能是最後一人，可以同時穿梭美國，得到美國國務院、智庫、外交政策協會、美國頂尖中國問題專家尊敬的台灣唯一一人。

他也可能是最後一人，可以以卓越的分析得到北京的敬意，讓北京領導人充分了解掀起台海戰爭，對於中國經濟的不利；對於中國崛起的歷史性挫敗。

他是唯一。

可能也是最後。

但他突然離開了。

深夜我接到他的哥哥雲鵬的電話，那一端他嚎啕大哭；這一端我心痛如絞。

那一天，星雲大師才剛剛圓寂。

兩朵最關心兩岸和平的雲，一起飄走了。

留下黑暗的深夜及悲傷無語的我們。

他走後我翻閱半個月前的對話，除了某日已經疼痛難捱無法入眠，請求我幫助之外，寫給我的訊息都是美國中央情報局長Burns的台海戰爭見解，台灣駐外代表處無視台海危機一直遊說美國政要來台訪問、或是總統想至美國國會演說。

但她們的榮耀，卻可能是埋葬台海的和平機會：使戰爭機率步步升高。

二〇一四年，在天下雜誌邀請下，我們一起開專欄。但我在二〇一九年肺腺癌開刀後停筆。直到二〇二二年中後，才恢復專欄。

而朱雲漢不久也罹患直腸癌。流著血，喘著身子，虛弱無力，但他仍筆耕不輟，未曾停止撰寫專欄。

為什麼？

他擔憂在幾方任性且自私盤算的局勢中，一個不小心擦槍走火；我們共同成長的故鄉成為廢墟，而人類陷入毀滅性的戰爭。

他是知識分子，他不能沉默。

雲漢看了我寫的「台海危機」文章，顯然不同意。身為一位自由主義者，一位謙謙君子，他很少更正別人的意見。

但這一次他清楚地告訴我「二〇二三年後會愈來愈危險」。

他憂慮全球化的逆轉，他擔憂台海危機首當其衝的同時，因為直腸癌，他正天天流著血，或是不斷瀉肚。

他的虛弱，沒有阻擋他的筆，他的憂心。

相識約三十多年，多數時候朱雲漢多半面帶笑容，即使川普上台，看我大驚小怪，他仍樂觀看待。他相信美國共和黨的文官體制，會一定程度節制他。

但當美國國內形成貧富差距的大鴻溝，美國的仇恨已經徹底改變這個國家；正如我們經常看到的歷史悲劇，一切已瞬間轉變。

危機，迎面而來。從美國國內、變成烏克蘭，接下來：台灣。

記得蔣經國總統圖書館完成時，他怕我被感染，約我一人先去參觀。他全程陪同。

握著他的手何其冰冷，他的臉頰何其蒼白。但他的使命感，何其澎湃！

他向朋友們一一介紹建築師符傳禎如何結合現代建築及蘇州庭園，一點一滴完成建築。景觀設計在七海官邸前人工湖，種植野薑花，一種親水、自然野生的植物，放在總統圖書館最醒目之處。弧形的線條，湖水上的音樂廳……當時我們，都生了病，但仍有夢。

約好二〇二二年底把陳毓襄找來，辦跨年湖上音樂會。如現代的蘇州評彈；然後一起看煙火。

參觀的時候，我分四次行走，太喘；雲漢除了臉色蒼白，仍有體力。笑笑地敘事園區建築及各界贊助的點滴。

我常常想，他是否抱著人生最後的所有力氣，想要完成台灣第一個國際水平的總統圖書館？

他介紹牆上張大千唯一的二玄社複製畫，那是他傾全力以私交不以公費爭取而來的。

但豈止複製畫是唯一，他身上帶著太多唯一。

這麼多年來，他從不為自己爭取官位、權力。

自李登輝、尤其連戰院長特別賞識他……所有的官位他皆一一揮手拒絕。相對於他的同輩、他極力栽培的學生們，皆傾權術之巧，　　追逐權力。

有一次他很感慨地問我，為什麼？

這種以國家為己任，視權力如鴻毛的風骨……在我們的土地上幾乎快要絕跡。他像一位從迷宮出來的使者，只見一望無垠的沙漠，朦朧中，遠處爭權奪利的海市蜃樓，正在廝殺。

即使我們的國家、我們的生活之地，已經處在可能的戰爭邊緣。

我們許久未見蝴蝶觀望我們的模樣。在牠們眼中，我們可能很醜陋而不自覺。

我們許久未經歷戰爭的殘酷，那是八十年前古老的記憶。

當眾人只知激情無知地往前走時，他決定停下來。

停在風裡。停在雲裡。

小時候他曾目睹父親河水中游泳卻驟逝的殘酷，這次他是否不想再經歷其苦？

未來有一天倘若我驀然轉身，樹枝會愣住不動，那是你嗎？雲漢？

你等著我們一步步走遠。

你生前想說的：

你們沒有注意鳥在降落嗎？

你們沒有注意葉在凋零嗎？

你們沒有注意時代遽變的沙沙聲嗎？

也許我們都是罪人。

未來高昂的代價早已加在我們的頭上。

夜幕降臨，星星消失，地面上的葉子發出陣陣沙沙的恐怖響聲。如戰鼓即將近襲。

可能直到那一刻，我們才想起了他，唯一、無私的和平使者。

但他已遠去。靜默的闔上眼睛。

願所有的人，在他從急促到窒息的呼吸聲中，領悟他生前的叮嚀。

朱老師，謝謝您！

陳純一 / 蔣經國國際學術交流基金會副執行長

當我在二〇一三年應朱老師之邀加入蔣經國國際學術交流基金會工作團隊時，朱老師已經在基金會工作十四年。

當時，朱老師成立了美國、德國與香港三個海外國際漢學中心，世界主要學術組織，如美國學術團體聯合會（ACLS）都和基金會展開合作計畫。朱老師推動的重要專案，如協助東歐國家解決研究困境，翻譯出版台灣現代小說，邀請哈佛大學等四個世界知名圖書館進行的古漢籍善本數位典藏計畫，和參與大英圖書館的「國際敦煌計畫」等都引起極大的國際迴響。兩岸也在朱老師的策畫下，在各學科領域合作辦理青年學者研習營，而類似活動日後還會擴及到南洋與歐洲地區。此外，由朱老師禮聘之世界各地重量級學者，則是依照地域劃分，組成諮議委員會，審查基金會受理的獎補助申請案，他們嚴謹的學術立場和公正的標準，塑造基金會成為一個國際聲譽卓著的學術補助機構。

另一方面，雖然昔日敦化南路的辦公室溫馨而舒適，但是朱老師和同仁忙碌的身影，建築師和顧問團隊的頻繁進出，已經宣告籌備「經國七海文化園區」的工作正在展開。除了修繕經國先生故居，朱老師不斷構思著如何興建和營運中華民國第一座總統圖書館。這是一個挑戰，但是朱老師做事有著捨我其誰的豪情，不推事也不怕事，決心要為國家打造門面，為台北市建立新地標，為基金會架設推動國際學術交流與漢學研究的平台。

只是這一條路比預期走的更漫長與艱辛。其中，《財團法人法》的制定更是一度讓基金會和園區的前景蒙上陰影，錯誤的報導和誤解幾乎要動搖基金會的學術獨

立地位與聲譽，而園區的工程進度與資金籌募也是充滿變數。面對一波又一波的壓力，放棄與妥協似乎是最好的選擇，但是朱老師努力不懈，他堅持基金會成立時的初衷不可忽視，強調基金會的國際學術公信力不可折損，而「經國七海文化園區」則是一定要完成。

感謝他的毅力、勇氣和責任心，否則就不可能有今日的基金會和園區，也不可能看到朱老師投注的心力，國際觀、視野和認真；但不知道是不是因為太多的承擔，太多的使命，反而導致了他身體的耗損呢？

這麼多年來，朱老師帶給基金會的是榮耀與信賴，我和所有同仁們都以朱老師為榮，相信如果天塌下來，他都會為我們頂著。我們都已經非常習慣朱老師從容不迫的步伐、沉穩的語調、爽朗的笑容、大器風範的做事，和溫潤體貼的關心。我們也都覺得他應該永遠長在，只要我們需要，他就會出現，為我們指引方向。

我實在是得之於朱老師太多，想到他走了，爾後竟已無回報之機會，心中不禁為之戚然。如今，多麼希望能回到從前，看著朱老師輕鬆恬適而滿意地漫步大廳，並當面對他說一聲：「朱老師，謝謝您！」

懷念朱雲漢

陳添枝 / 清華大學台北政經學院代理院長

　　我初識朱雲漢應該在大學時代，他那時已經十分出名，經常在報紙期刊發表文章。我記得在某個場合，聽他論述時局，侃侃而談，條理分明，只覺得非常佩服。這段際遇直到我再次和他在台大相見，差不多相隔二十年。

　　二〇〇〇年左右，他擔任蔣經國基金會執行長，邀我擔任副執行長，我們從此共事了一段時間。蔣經國基金會是民間與政府共同捐助的，有三十億基金，主要任務是補助國際學界與台灣相關的人文社會科學研究。二〇〇〇年以後，銀行利率走跌，基金孳息減少，補助能量降低。雲漢決定積極投資以增加資金收益，他把部分銀行存單轉投資美國政府債券，請來一些理財專家當顧問，每週開會，親自進行投資操作。我參與決策會議，目睹他對金融市場的豐富知識，十分吃驚。因為這樣的努力，在市場利率只有百分之二時，基金仍可獲取百分之四到五的收益，讓學術研究的補助能量，維持一定的水準。這段期間的經驗，後來我把它帶到中華經濟研究院院長的工作上，頗有助益。

　　雲漢不只對理財很有心得，對建築美學也有深厚的素養，他把這兩項專長，充分發揮在蔣經國總統圖書館的興建上。他說圖書館是他人生最後十年的心血結晶，這一段貢獻，我無緣參與，但可以體驗和享受他的成就。在這同時，他協助黃煌雄先生規畫設立台北政經學院（TSE），我則有幸繼續他未竟的心願，讓學院順利開班授業。二〇二〇年十月，他因為身體違和，辭去政經學院院長職務，指名我接手。我當時已經退休，過著閒雲野鶴的日子，享受從未有的快意人生，實在百般不願意，但後來在蔣經國基金會辦公室和他懇談，見他長年奉獻累積的倦容中未曾熄滅

的熱情和期待，不知如何說不。

　　我接任以後，首先參訪位在新竹清華大學的台北政經學院的教學空間，充分感受到雲漢的建築美學的體現，我不用問就知他花了無數心血在這裡。不只是教學空間，學程的設計、師資的規畫，包括他們的報酬，都已經全數完成。我接收了這些資產，歷經一些折騰，台北政經學院終於在二〇二二年四月正式開幕。當時雲漢應該已經病得很重，但仍接受我們的邀請，在開幕式上講了一段話，感慨但充滿喜悅。二〇二三年一月，當初雲漢規畫延聘的兩位國外重量級學者到訪，雲漢抱病和他們進行了短暫的視訊會議，對兩人的協助表達感謝。沒想到，這竟是我們最後的相逢，一個月以後，雲漢就與世長辭。

　　雲漢的學問和風骨，都是典範。他學問好，但從不以學問傲人，只以學會友，把台灣連結到世界；他風骨嶙峋，不忮不求，不畏流言蜚語，口不出惡言，有古代大儒身影。我們永遠懷念他。

知中疑美的智慧和勇氣：悼念朱雲漢教授

黃光國 / 台灣大學心理學系名譽教授

　　元宵節過後，立即傳來兩件噩耗：首先是九十七歲的星雲大師辭世，接著是六十七歲的朱雲漢院士病故；前者令人感到不捨，後者使我覺得震驚：一九六七年，我返回台灣大學心理學系任教，曾經到法學院兼課，朱雲漢曾經修過我社會心理學。當年上課情況猶歷歷在目，他怎麼會這麼快就走了？

　　朱雲漢的學術研究始自於「亞洲民主動態調查」（ABS），在東亞十九個國家與地區，從事公民政治和行為的變遷。五四時期，中國知識分子普遍認為：「民主」是可以救中國的兩尊洋菩薩之一，但是長期實證研究的結果卻一再顯示：中國大陸民眾對其政治體制的滿意度和支持度都相當高。這個穩定的現象迫使他不得不深入探討其中緣由。

　　這個故事跟日裔美籍政治學者福山（Francis Fukuyama）的理論轉向是十分類似的。一九九〇年代，東歐共產政權崩解之後，他出版了名著《歷史之終結與最後一人》，認為從此以後，全世界都會採行資本主義體制。不久之後，他就發現這樣的理論有很嚴重的偏誤，二〇一一年，他又出版了《政治秩序與政治衰敗》，認為政府體制的效能才是政治穩定的關鍵因素，而不在於是否有資本主義式的「民主選舉」。

　　朱教授不僅研究東亞國家的政治體制，他對西方「新自由主義」的異化也有很深入的了解，認為美國「國防 / 軍工 / 國會」三合一的複合體是導致其政治衰敗的主要緣由。二〇一五年，他出版《高思在雲：一個知識份子對於二十一世紀的反思》，很坦誠地說出他對於這些問題的見解。

　　然而，他的觀點卻得罪了許多政治立場不同的人，甚至批評他用「體制探索」

一詞描述中共建政初期的作為是「親中」、「替中共擦脂抹粉」。我非常了解，朱雲漢教授的用詞其實非常「知中」，在當時的政治氛圍下，說他「親中」，等於是戴他一頂「紅帽子」。我原本以為他會出面辯駁，但是他沒有。他選擇沉默。

最近兩岸關係愈來愈緊張，很多人擔心，在美國不斷「加柴添火」的情況下，兩岸隨時可能擦槍走火，爆發衝突。新北市長侯友宜主張「不當強國的棋子」，執政黨立即作出回應：不可以讓「疑美論」成為社會共識。朱雲漢抱病在《天下雜誌》發表文章，警告國人必須小心美國要賣給台灣的「火山布雷系統」，立即有台大教授公開叫陣，說「疑美論」如果占上風，將會「弱化台灣防衛」，「使台灣走向敗亡」！

言猶在耳，不料竟然傳來朱雲漢教授英年早逝的消息！這時我才體會到：他以「中央研究院院士」和「蔣經國基金會執行長」的雙重身分，發表這些言論，需要多大的智慧和勇氣！然而，作為一個知識分子，他能夠一再保持沉默嗎？

不久的將來，歷史將會證明，知中疑美是朱雲漢教授留給台灣最珍貴的遺產！

朱老師在民主化研究上的變與不變

黃旻華 / 台灣大學政治學系教授

從一九九五年秋天修習朱老師「比較政府與政治」、「政治學方法論」課程開始，我就近身在學術上跟隨老師。初期我對於社會科學哲學最感興趣，因而在碩論階段專攻科學實存論，並應用在國際關係建構主義的研究上。然而出乎預料的學術軌跡發展，最終也讓我跨進了全球民主化的研究領域，成為我的專業之一。

朱老師過世後，許多外界評論紛紛著墨在為何老師近年來讚揚某些中共體制，以及對此論調感到不解。然而從我跟隨老師近三十年的角度來看，這些評論不但缺乏對民主化研究在學術演進上的理解，也沒有關照到老師在家國情懷上的歸屬感。直言不諱的說，老師執著批判西方民主在過去全球化發展下的墮落與倒退，以及深刻省思中國客觀崛起在超越民主威權二元論上的制度因素，是他甘冒清譽受損也雖千萬人吾往矣的赤誠之舉。

相比老師無與倫比的勇氣，我輩學者通常在論及中國大陸作為全球化後發國家的制度優勢時，會避重就輕地將黨國鑲嵌的全社會統合體制，僅稱其為極權國家的制度特徵，但不談在整合和動員資源上的效率和風險。換句話說，長年在威權教育體制下的遺毒，不但沒有隨台灣民主化而逝，反而華麗變身在言必稱台灣體制優越性的教條中，漠視了非西方民主體制在全球化發展中所達成的客觀成就，因而更加固化自我審查的意識型態邊界，讓民主和威權信仰在凌駕自主意識上達成了統一。

除了朱老師外，我也師承密西根學派在調查研究上的傳統，畢業之後就跟隨老師從事亞洲民主動態調查（ABS）計畫的研究。作為一位專業的大型面訪學者，我明白政治性民意調查學界在過去二十年間，核心調查主題的演變，從民主正當性、

治理品質、國家能力、中國崛起，到後來的民主退潮、民粹主義、反建制主義、威權韌性，在研究取向上都呈現一個難以否定的客觀事實，就是西方自由民主的成功經驗在發展中國家尚未出現普遍性。而老師在二十多年前已從對台灣民主的反思洞察此點，並且占先提出他許多的前瞻預判。只是人類歷史經驗往往有因果共線性的問題，許多經驗上的事實陳述，往往會被動機論所架空，而陷入社會科學能否及應否「價值中立」的問題泥淖中。

朱老師在全球民主化研究上的經驗主義取向是堅定不變的，他的變化反映在其忠實地指出世界政治經濟局勢的軌跡內容，並且無懼那些自我審查者的口誅筆伐。老師在民主化研究上的變與不變，揭示了實存本體的揭露，其價值高於認識論和方法論的信仰，也高於理論與實踐的預設目的。任何基於其他目的的猜疑，都貶低了老師基於科學實存論在追求科學價值上的初心與執著。

高思在雲、行誼導師

黃凱苹 / 台灣大學政治學系副教授

　　與其他同儕相較，我和朱老師的關係比較特別，因為我既非老師的學生，也非台大畢業生，但非常幸運的，在一次巧遇中認識朱老師及其團隊，從此開啟我的學術生涯。朱老師對我而言不僅是導師，同時也是伯樂。

在泰國遇見伯樂

　　二〇〇四年我剛結束在瑞典的碩士學程，經友人介紹至泰國的學術機構工作，恰巧該機構是朱老師主持的亞洲民主動態調查（ABS）的泰國調查合作團隊。該年朱老師率領台灣團隊成員至曼谷開會，母語為中文的我自然被泰國同事推出來做為聯絡人。那場亞洲民主動態調查的國際會議邀請了各國調查團隊，會中我成為主要接待，幫忙泰國同事翻譯並解決會中的大小溝通問題。在台灣團隊離開的前一晚，團隊成員把我叫到旁邊，問我是否有意願回台工作，後來得知是朱老師想挖角我至胡佛東亞民主研究中心擔任專任助理。現在想來真是感謝朱老師慧眼識英雄，雖然當時的我不知天高地厚的婉拒了，但一年後當我想回台工作並聯絡東亞團隊時，朱老師二話不說的應允，開啟了我學術生涯的第一步。爾後擔任專任助理的三年，我亦學習調查與統計等與計畫研究相關的知識。由於工作的關係認識許多學者，老師又是其中的標竿，學術產出的質與量令人稱羨。嚮往之下我向老師提出至美國深造的計畫，朱老師非常鼓勵，幫我寫推薦信也讓我多認識美國學者，最終有幸順利入學並取得博士學位。拿到學位後老師又讓我回東亞民主研究中心擔任博士後研究員，一年後進入政治系擔任教職，並成為亞洲民主動態調查的核心研究成員，為全

球民主化研究作棉薄貢獻。其實在我年輕時，學術研究從來不在考慮範圍，但人生的轉折往往是因為遇見貴人——因為朱老師，學術研究成為我畢生的職志。

行誼的導師

雖然我認識老師的時間無法與其弟子相比，但屈指算算也有二十年的時間。除了學術啟發外，朱老師也是我的行誼導師，透過觀察老師如何與人溝通解決問題，深深理解化解衝突的辦法就是互利互惠，合作共贏。看似簡單但其實困難，然朱老師謙謙君子的風範總能說服外國學者放下歧見，而注重細節與彈性的做法總能讓人心悅誠服。朱老師的處事風格與哲學亦深受國外學者讚賞，在我們向學者們發布朱老師與世長辭的消息時，學者們震驚之餘，多數亦感傷不復見朱老師溫雅如玉身影的遺憾。

朱老師立言立行，對我而言是伯樂，是導師，同時也是如父般的存在。朱老師已遠離卻沒有真實的感受，我想是因為他的影響已成為我立身處世的一部分。唯一難過的是，無緣繼續學習老師的處世之道。然緣起緣滅，願朱老師留下的legacy永存人間。

畢生奉獻給國際學術交流的朱雲漢院士

黃進興 / 中央研究院副院長

　　朱雲漢院士逝世，於公而言，國家失去了一位傑出的學術行政人才。於私，我與他兩人相交，有數十年的情誼。回憶中，他待人總是溫文儒雅，彬彬有禮，待人十分體貼。得知他的離開，深感痛心與惋惜。

　　朱院士畢生最重要的成就，便是投入近二十年的時間，一手將蔣經國基金會打造為國際品牌，於漢學交流建樹卓著。研究中華文化的資源原本就稀少，但雲漢兄的戮力使基金會成為世界上這方面最重要的學術文化機構；造福學界自不在話下，許多學者和學生因而受益良多。在基金會制度，他為國際學術評審訂定了公平而客觀的標準，並設立各式諮議委員會（國內、美洲、歐洲、亞太及新興地區），邀請國內外資深學者積極參與。甫於去年方開幕的經國七海文化園區，他亦投入大量心血，從募款到室內設計，處處事必躬親，參與其中。

　　二〇〇九年至二〇一六年，個人忝為史語所所長。七年裡，除對內加強所內同仁研究能量；對外則有兩項活動：其一是國史研習營，這是老所長杜正勝先生最早設立的，我在任內將之擴充，向中國大陸與國際研究生開放。每年，彼岸研究生總是翹首等待議題公布，報名踴躍競爭激烈，以得參加為榮。其二，乃是新設兩岸歷史文化研習營，由我組織所上同仁，到大陸各高校推廣史語所的學術研究成果。從二〇一一年至二〇一九年，計有九屆，結合彼方各承辦院校的學者，凸顯該地域文化特色而設計，遂深受兩岸學子所喜愛。居中蔣經國基金會大力支持這一活動委實功不可沒，主其事者當然是雲漢兄。除與本所合作之外，蔣經國基金會復在捷克、香港、美國等地設立漢學中心，於學術交流均發揮重要影響。近年亦將獎助領域延

伸至台灣研究，範圍更形寬廣。雲漢兄有容乃大的風範，於此可見。

　　朱院士已離我們遠去，但他留下的建制與貢獻，將長存於學術界，企盼後人發揚光大，不負他的苦心。

那段緊密同行的日子

黃煌雄 / 台北政經學院基金會董事長

　　台北政經學院（以下簡稱TSE）是在二〇一九年八月成立籌備會，二〇二〇年五月與國立清華大學簽訂合作契約，正式成為清華大學其中一個學院。

　　從二〇一九年一月到二〇二〇年十月，六百多個日子，是TSE從規畫、籌備、審查、簽約到正式運作的緊要階段，朱雲漢院士在這段日子投入最多心血，幾乎將幾十年累積的學術能量和國際連結投射給TSE；同時這也是我們兩人一生互動最密集的階段，為籌辦一所二〇三〇年以後能在世界學術殿堂上享有一席之地、具歷史影響力的學院，帶著使命感緊密同行、令人難忘的歲月。

　　TSE創立的靈感，來自英國費邊社（Fabian Society）與倫敦政經學院（LSE）的關係。LSE在一九五〇到一九八〇年代，曾是世界三大思潮——社會主義、自由主義、保守主義——的主要論述發源地。TSE創立的初衷之一，便是希望在二〇三〇年以後，能成為從西方中心到後西方世界的歷史性變局過程上，為台灣、亞洲與人類，培養人才，提供論述，引領發展的重鎮。初衷之二，則希望在學術與政治之間、學院與政府之間、政策的構思與執行之間，搭起一座橋梁，一如哈佛大學甘迺迪學院（Harvard Kennedy School）五十年來不斷展現的投影。

　　這段時間，為了這兩大創立初衷，我們平均約十天聚會一次，不分日夜，不斷探索、切磋，從基金會到我家，互動高達五十多次，常常一邊用餐、一邊討論。有一次，在回應我太太謝謝他的協助與幫忙時，朱院士說：「學長（朱院士私下對我的稱呼）的真誠令人感動，難以拒絕，我們就憑著一股傻勁，一路走來，倒也是關關難過關關過。」這是真實的寫照。事實上，TSE從籌備會到TSEF董事會，所有籌

備委員和董事會董事，都是基於認同TSE的理念、vision及所追求的目標，而以義工的心情，全力支持，TSE才得以在一年半左右昂然成立。

　　二〇一九年一月，TSE確立以「校中校」或「校中院」為推動方式，三月，朱院士便提出TSE第一份「籌設構想」，其間幾度修改，籌備會成立以後，在單驥教授的用力下，「籌設構想」轉化為「TSE構想方案」，並在時任台聯大總校長曾志朗的推薦下，以TSE籌備會的名義，以「TSE構想方案」為藍本，函邀清華、交大、陽明、中央四所大學共襄盛舉，TSE的審查會最後達成「清華主辦、中央部分合辦」的共識。而清華與中央所提出的「構想書」，有關辦學理念、學程規畫、課程安排，基本上都參酌「TSE構想方案」，因而充滿朱院士最初「籌設構想」的內涵。

　　不僅如此，朱院士在賀陳弘校長的說服下，擔任TSE首任「代院長」兼院發會（TSE最高決策單位）召集人，期間雖僅約三個月，但有關初期師資的延聘及極具突破性的教師薪資支給辦法，基本上，多在他代理院長期間完成或接近完成。

　　我們兩人的生肖都屬「猴」，朱院士不到七十，我已將近八十，他先走了，但TSE已走在軌道上，蓄勢待發，包括TSE團隊、TSEF董事會與工作夥伴，以及我，都會在有生之年，力之所及，全力守護並推動TSE，希望有一天，TSE在一棒接一棒的努力下，終會躋身於世界一流大學之林。

痛失雲漢　繼續前行

趙全勝 / 美國美利堅大學國際關係學院教授

　　我和雲漢於一九八〇年代初分別從北大和台大赴美攻讀政治學博士學位，並都於一九八七年完成學業。之後雲漢返台執教，我則留在美國教書。我們的真正交往始於一九九〇年代初期。雲漢小我幾歲，但三十多年來，我們志同道合，互為知己。我們共同創建了全球華人政治學家論壇（華人論壇）和環球兩岸關係研究會。我們平時聯繫不多，君子之交淡如水，但每次我到台北，他來華盛頓，我們都會見面議事，有說不完的話。

　　今年二月驚聞雲漢兄英年早逝，真是痛徹心扉。在雲漢去世頭七那一天（二月十二日）我在華盛頓主持了「朱雲漢教授追思會」。會議以華人論壇為依託，有來自全球各地近六十位學者連線參加。正式開始前，雲漢生前喜愛音樂的播放和反映雲漢生平的幾十幅照片的滾動展示，把大家帶進了對雲漢的無限哀思與懷念。「痛失雲漢！」是與會者的共同心聲。會議首先由台北論壇董事長蘇起做了「朱雲漢生平介紹」的發言。隨後來自全球各地的雲漢的同事、同窗、好友一一做了追思發言，包括：吳玉山、賈慶國、石之瑜、呂杰、郝雨凡、陳純一、沈丁立、戎撫天、潘維、鄧中堅、趙宏偉、王正緒、周陽山、徐湘林、鄭振清。雲漢夫人孫自芳女士的答謝詞也在會上宣讀。華人論壇所屬的《海外看世界》在會後用了兩週時間為此發出專輯，逐篇刊登了將近二十篇緬懷朱雲漢教授的文章。

　　我認為我們至少可以從以下七個方面來認識雲漢教授的一生：

一、全球知名的政治學家

雲漢教授在政治學領域具有全球的影響力。他不但是台灣中研院院士和台灣大學教授，同時也是美國政治學會（American Political Science Association）唯一的一位華人理事。這不但是對他學術成就的認可，也確定了他眾望所歸的學術領頭羊的地位。

二、思想深邃、學貫東西的大師

雲漢教授對政治學的貢獻是多方面的。我們第一次在學術上的合作，就是一九九九年在馬里蘭大學（University of Maryland）舉辦的華人論壇的第一次學術研討會。在他的老師胡佛院士的引領下，我們確定了會議的主題為政治學本土化的問題，這個問題在當時提出來，也是很具有前瞻性的。會後我們合作編著的《華人社會政治學本土化研究的理論與實踐》一書在二○○二年出版。在隨後的很長一段時間，雲漢通過他所主持的亞洲民主化比較研究的項目集中研究民主化問題。雲漢積極提倡把西方政治學理論和東方的具體實踐加以融合和比較，找出兩者之間的相同點和不同點，也就是相融合和相衝突的地方，從而提出自己的一整套理論框架。

三、卓越的社會活動家

雲漢教授在潛心做學問的同時，也積極從事社會活動。他長期擔任蔣經國基金會的執行長，利用這個平台來推動在全球範圍內，特別是北美地區有關中國研究的

發展。在他的運籌帷幄下，我們在美國的幾次學術研討活動都得到了基金會的大力支持。如前所述，我們兩人還在一九九九年共同創建華人論壇，不斷推動政治學在華人社會的發展。我們又於二〇二一年一起創建環球兩岸關係研究會，在兩岸兵凶戰危的關鍵起伏時刻聚集遍布全球的學者，進行深入的溝通與對話。

四、誨人不倦的老師

作為台大的教授，雲漢教授在台灣地區誨人不倦的工作態度是眾所周知的。多年來他奔走於兩岸之間，不但在大陸的北京大學、人民大學、復旦大學等頂尖高校客座，而且還深入到大陸內地大學（例如在成都的西南交通大學）多次訪問。通過教學、講座以及合作項目這些常年耕耘，雲漢教授在海峽兩岸可謂桃李滿天下。

五、廣受愛戴的好兄弟、好夥伴

雲漢教授一直都是我們心目中的好兄弟和好夥伴。和雲漢相處過的人，無不為他的謙謙君子，如沐春風所折服。雲漢經常在力所能及的範圍內，給學界的朋友予以各種幫助。我自己在這方面就深有體會。我的《中美日大國戰略比較研究》一書原定在大陸出版，但由於種種原因擱淺。雲漢得知後，出手相助，積極聯繫台灣的出版社，終於使該書於二〇一九年出版。在此中文版的基礎上，我又完成了這本書的英文升級版 *Great Power Strategies*，並得以於二〇二二年底問世。還沒來得及送雲漢一本，他就已經駕鶴西去，真是令人唏噓不已。

六、溝通台海兩岸的橋梁

雲漢教授充分發揮了溝通台海兩岸橋梁的作用。多年來我經常帶領海外華人學者團到大陸和台灣訪問，不但和兩岸學者進行交流，而且每年都和相關政策部門開會討論兩岸關係。對這些活動雲漢都是積極參與其中的。我們還多次參與組織兩岸國際關係學院院長論壇。雲漢教授不但熱心推動兩岸的學科建設，引領華人社會政治學的發展，同時還積極溝通兩岸之間的相互了解，推動兩岸和平發展。

七、具有深厚家國情懷的愛國者

雲漢教授具有深刻的家國情懷，立足台灣，守護寶島，與此同時，也心繫大中華的發展。在他的一系列著作中都表現出對中國復興的歷史意義及其對世界格局影響的深刻認識。他幾年前發表的大作《高思在雲》對此所作的論述，廣受好評，產生了巨大的影響。他在二〇二一年兩岸關係研究會成立時所做的主旨發言中，引述了胡佛先生臨終前所背誦的一句古詩「但悲不見九州同」，表達了熱切希望看到祖國統一的明確態度。他的這一立場並不因為島內政治氣候的變化和相對負面的環境而有所忌憚。

我們今天追思雲漢教授就是要傳承他的道德學問和堅定信仰，繼續前行，把他未竟的事業完成下去。

緬懷一位早露鋒芒、一生精采的老同學
——朱雲漢

趙辛哲 / 前摩根士丹利台灣區執行長

五十年前雲漢和一群興奮的新鮮人進入了台大政治系，我們同屬國際關係組。他儀容整潔，為人親切不俗，對各種事物似乎都有獨到見解，很自然地融入同學間，更成為大家高談闊論的最佳夥伴。總覺他博學多聞深思熟慮，每遇較大問題，都會沉吟一會兒才提出看法。

在課業上雲漢很快嶄露頭角，他興趣廣泛，積極參與社團活動，大一即協助彭懷恩學長，大二和高中同學丁庭宇，兩位前後代聯會主席一起推動事務，做的有聲有色。在寫作方面他和王克文（政治轉歷史）聯手譯書《布里辛斯基的外交觀》，編雜誌《仙人掌》，籌畫論文集，參加各種座談會，有些可說是遊走於戒嚴尺度邊緣。那時期他常向胡佛老師請益，深受賞識。

必修課外，我們許多選修也一起，如關中老師的美國外交史、魏鏞老師的政治行為、法文等，雲漢和我還跨系修了黃光國老師的心理學，這幾位老師回國不久，帶給我們許多新觀念，受益良多。

生活上雲漢是同學間公認的美食家，偶有聚餐都開心地依他選餐廳點菜。在那保守缺乏娛樂場所的年代，我們郊遊、家庭舞會等活動也沒少辦。雲漢舞跳得好，一位同學後來回憶說，班上有個同學功課很好，跳起舞來又像舞林高手，讓他難以想像是同一人。我們這屆在畢業三十年重聚的系友大會上有舞蹈節目，許多政治系上師長和系友們都見證了雲漢的精湛舞技，不知這項才藝在明尼蘇達大學（University of Minnesota）遇到真愛時有無發揮作用。

另一學生時代趣事是合作上美加的托福班，當時不少同學計畫畢業後出國留

學，我們五位打算考托福的好友集資報名，輪流上課拿講義，再分讀研習。後來其他四位都赴美取得博士學位，只有我自認不是學術研究的料，在芝加哥拿了企管碩士後即進入金融業，一晃三十五年退休。

這些年來同學們雖各自在不同領域發展，家中不論拉拔下一代或照顧長輩也都忙，但仍時有聚會，雲漢只要沒出國或其他公事都會參加。

讓我深刻覺得雲漢一直保持當初的求知精神，不斷探索新事務，除了他在政治經濟學和民主政治發展方面陸續出書提出新論述，和定期在雜誌針對時事發表評論外，言談中發現他對世界經濟趨勢和金融市場動態都有相當精闢的了解和掌握，不遜我們這些在資本市場打滾多年的從業人員。相信他基於督導基金會捐贈款管理運用的職責，在這方面也下了大功夫，建立專業的機制。去年春天雲漢精心規畫的蔣經國總統圖書館落成，邀請同學們參觀，他興致高昂親自導覽，大家對於設施的完善及布置品味都印象深刻，遺憾這成了他最後一次的同學會。

今年二月六日清晨，雲漢辭世的噩耗很快傳遍，同學們都很震驚和不捨，雖知他已抱病數年，近來也為腸躁症所苦，沒想到走得這麼快！他是我五十年來幾位最信賴的好友之一，共度過許多歡樂時光，遇到重大課題也常尋求他的意見，如此驟然離世，令人哀痛不已。然回顧他精采的一生，許多成就值得自豪，我們能共走這一程也感到榮幸和安慰了。

悲傷悼雲漢

劉兆玄 / 中華文化永續發展基金會董事長

二月六日清晨，我打開Line信箱看到了雲鵬的信，告知雲漢已於一日前在家中安詳往生了。

雲漢比我小十三歲，我們所學領域各異，他學政治學，我學化學，在學術界是碰不到一起的。早期我對他的了解來自服務國科會時得知朱雲漢教授在人文社會學科中是傑出的研究學者，再就是從報章雜誌上讀到他的文章；篇篇立論大氣，邏輯嚴謹，筆端常流露出一絲剪之不斷的民族情懷。

二〇一〇年在我擔任中華文化總會會長時，提倡發揚現代化的「王道」思想，我藉一系列的演講逐漸將論述整理成型，但仍欠缺一個可操作性的體系來闡明、示範及展示其具有現實社會中的功能。

最後，我選擇了用中華文化的精髓「王道」思想中的核心元素與二十一世紀的顯學「永續發展」做對接，希望能發展出一套「王道永續指標」體系，為全球一百多個國家及經濟體評量其「永續發展」的策略及成效。就在這時，我想到了向朱雲漢教授請教。

雲漢對我的想法深感興趣，他邀請了幾位年輕學者一同參與討論及研發。一年多後，我們終於完成這一套堪稱完整嚴謹的指標系統，並逐年發表評比結果，檢討改進，雲漢一直是最重要的參與者與評論人。他建議指標體系包括三大領域，從「王道」觀點，分別討論「國際倫理」、「包容性發展」及「環境平衡」，其中「全球倫理」相關的指標衡量各國對國際事務的正面及負面投入，是雲漢獨具慧眼的貢獻。

這一源發自二千多年前中華文化的政治思想，在雲漢領導的團隊努力下創建的

指標系統，竟然與聯合國根據二十一世紀的需求而設定的「永續發展目標指標」之間，具有高達0.9的相關度，令人驚豔。

也就在這些接觸中，我感覺到雲漢心深處有一個不曾明言的理想，那是一個超越現實、天下太平的宏大計畫。他從傳統中國知識分子以天下為己任的關懷，憧憬一個永續和平的未來世界，以他通曉中西的學術背景，國際及兩岸學術界的人脈，結合志同道合的學者，共同構建一個比現實更優化的治理體系。他從未對我明言，如果我的感知為真，那將會是英年早逝的雲漢最大的遺憾。

雲漢的英文名字是Galaxy，是中文名字很酷的對照。我寫下這首悼念詩，紀念這位言行嚴謹、內心浪漫的謙謙君子。

名豈文章著，筆懸天下憂；蒼山復泱水，相期雲漢遊。

敬悼朱雲漢執行長

錢復 / 蔣經國國際學術交流基金會董事長

　　我結識朱雲漢先生約四分之一世紀，當時蔣經國國際學術交流基金會李亦園執行長聘他擔任副執行長，稍後李先生接任董事長就聘雲漢兄接任執行長，擔任此職逾二十年。他對基金會的貢獻可說是無與倫比，特別是近十年籌建蔣經國總統圖書館和經國七海文化園區，他是盡心盡力日夜操勞。自從館、區開放民眾參觀後，經常收到讚美的反應，事實上園區一草一木莫不是雲漢兄的努力。他近年健康欠佳，我很懷疑是否園區的興建傷害了他的健康。

　　我認識雲漢兄後，承他不棄，時常來我治事之所長談，每年總有六、七次。我們都是讀政治的，他著重於理論、比較政府和民主化；我則以國際政治、國際法為主要的對象，但是我們談到政治問題，雙方見解大都是一致的。雲漢兄最令我欽佩的，就是美國史丹佛大學政治系教授戴雅門（Larry Diamond）是全球研究民主化的泰斗，他在全球各地找傑出的政治學者協助他研究全球民主功能，而雲漢兄則為他延聘擔任亞洲十九國民主動態調查計畫的總主持人。這項難得的榮譽他從不炫耀，我知道了以後向他道賀表示真正是華人之光，他僅淡淡地說：「這沒有什麼，不過是幫助老朋友完成他的研究計畫。」

　　民國一〇一年初夏，有一天老友胡佛教授帶了雲漢兄來看我，說雲漢兄為該年院士候選人，但是中研院的院士以自然及應用科學為主，人文社會科學方面人單勢孤。因為我的二哥錢煦在院士中人緣極好，想請他代為從旁支助。我知道胡佛兄不輕易託人，而雲漢兄在學術上確有傑出成就，所以就向二哥報告，他也很認同，說這應該是實至名歸，果然那年雲漢兄繼胡佛兄為政府三十八年來台後政治學門唯二

的院士，現在二位都已捐館，真是哲人其萎。

　　雲漢兄對經國先生的推崇令人感動，他對「經國七海文化園區」有很高的投入和期望。雲漢兄希望全國與海外的訪客都可以來到園區，親自體驗經國先生過去的生活空間和樸實的作風。他很自豪基金會興建完成了中華民國第一座總統圖書館，而這座圖書館將會蒐集、保存、展示經國先生一生的事業。雲漢兄認為經國先生主政的時代是台灣的關鍵年代，最重要的經濟、社會、政治的發展跟轉型，都在這段期間完成或者是奠定了基礎，所以這段台灣最重要的篇章應該被完整的記錄保存下來，讓後代子孫能夠長期永久地去了解，並從中汲取啟發。雲漢兄說，經國先生以及他的團隊，事實上是為當時的台灣做二十年、三十年，甚至更長的一種打算，而這種前瞻遠見，是台灣當前非常需要的一種啟示。正是基於上述信念，所以雖然雲漢兄在實現「經國七海文化園區」這個理想的過程裡非常辛苦，但是還能堅持下去。他總是謙虛地表示，可能是受到經國先生的庇蔭，才能每次山窮水盡疑無路時，又能柳暗花明又一村。話雖輕鬆，不過點滴在心頭是一定的。

　　雲漢兄的才學享譽海內外，他對蔣經國基金會的貢獻宏大。他的驟然離去令人感傷，基金會同仁均感不捨。我們非常懷念他，感謝他，也會繼續為基金會成立的宗旨而努力，我想這也是雲漢兄所希望的。

悼一位能推心置腹的好友朱雲漢教授

蘇起 / 前國安會秘書長

雲漢過世，我非常意外，因為三個星期前還與他通過十幾分鐘電話，感覺他思路清晰，絲毫沒有異狀。元月間他還撰文反對在台灣沿海布雷，廣受矚目。不料最後竟在他農曆生日安詳去世，實感公私兩痛。

雲漢兄一生在台灣學術界傳道、授業、解惑，是台灣產出的極少數國際級大師之一。他除了作育英才外，研究著作之多，恐鮮有出其右者。我如果沒去政壇走一趟，長留學術界，恐怕也要自嘆不如。他獨力寫了四本專書，其中《高思在雲》及《全球化的裂解與再融合》充分展現他的廣闊視野、豐富資料、嚴謹邏輯，以及見人之所未見之洞察眼力。另外，他與別人合寫了兩本專著，還主編與合編了中英文二十二本、專書篇章有八十八篇、學術期刊文章有八十二篇，主題演講四十次，地點包括台灣各知名大學及大陸的清華、北大、人民、南開、武漢、中山等大學。會議論文一百八十一篇，包括英文一百七十一篇、中文十篇，多數是他一人擔綱，少數才與別人合寫。短短三十幾年，如此嘔心瀝血於創作，今天想來，實令人心疼。

除了眾所周知的學術職務外，他也是民間很多團體的董監事，包括我主持的台北論壇基金會。他從自己推動蔣經國基金會業務的豐富經驗出發，對台北論壇的運作多所指導與鼓勵，讓我受惠良多。令我印象最深刻的還是他自己如何幾經磨難才擠進中央研究院的大門，成為這個「出世」的學術殿堂裡極少數研究「入世」學問的人。

他的研究範圍很廣，最知名的包括「民主治理」，即只有「選舉」與「言論自由」不等於就有民主，一定要有好的「治理品質」，民主政權才有合理性。二十幾

年前大家對台灣未來都信心滿滿，以為「治理品質」不會成為問題，所以很多人對他的論述基本無感。今天看到台灣民主化後治理品質之惡劣，以及許多民主國家都滑向「不自由的民主」，就不得不佩服雲漢兄的遠見。另外他主持「亞洲民主動態調查」（ABS）二十幾年，研究成果廣受各界重視並積極引用。近年他專注全球秩序重組的問題，尤其是「東升西降」的大趨勢。在美中競爭日益激烈的今天，特別值得深思。

我比他虛長幾歲，前半段因在不同的學術崗位上奮鬥，交集的時間有限。但進入政府服務後，我就常向他請教，因為他具有不尋常的冷靜頭腦及分析能力，且是台灣少數能夠同時深入掌握國際與大陸內部情勢的能人。最難得的，他學問如此之深，見識如此之廣，為人卻如此謙虛。每次和他深談，都覺得能夠推心置腹。我退到第二線後，如有疑難，仍然多所請益，深感受惠良多。最近幾年每次談話都深刻感受到他憂國憂民的情懷。他對兩岸關係的憂慮好像比我還沉重。

如今一代儒家知識分子典範的雲漢兄走了，是我們大家的損失。願他在天堂安息！

In Memory of Professor Chu Yun-han

Andrew J. Nathan / Class of 1919 Professor of Political Science, Columbia University

I first met Yun-han in December, 1986, when Hung-mao Tien led a delegation from Columbia's East Asian Institute (now the Weatherhead East Asian Institute) to visit Taiwan to observe the supplementary Legislative Yuan and National Assembly elections that were being held that year. Hung-mao naturally brought us to NTU to meet Hu Fu, and Professor Hu was accompanied by Yun-han, his favorite student (I think then serving as assistant professor at Tai-ta). As other delegation members spoke with Professor Hu, I fell behind and struck up a conversation with Yun-han. It was one of those rare occasions when I knew instantly that I was speaking with a great talent. Not only did I immediately admire Yun-han and was keen to learn from him, but I also liked him a lot.

A few years later – I think in the very early 1990s – I was able to invite Yun-han to come to Columbia as a visiting professor, where he taught a couple of courses that were very well received. At that time, he met my graduate student, the late Shi Tianjian, and the two of them struck up a close relationship. They decided to conduct comparable surveys on democratic attitudes in Taiwan, Mainland China, and Hong Kong. I happened to be planning to visit Hong Kong, so TJ and Yun-han asked me to recruit H.C. Kuan and Lau Siu-kai, who were both at Chinese University of Hong Kong at that time, as our Hong Kong team. I was able to do so – that's another story – and the five of us raised NSF money to conduct the "three-China survey" of 1993, which became the basis of the East Asian Barometer that Yun-han ran, and later of the Asian Barometer Surveys.

I have participated in the ABS all through its existence, and doing so has been one of the greatest learning experiences of my life. It was through Yun-han and other ABS colleagues that I learned all that I know – and continue to teach – about survey research, about what we can learn from it and what we cannot learn, and about how to do it well. It was my ABS participation that motivated me to learn what I have learned about statistics, and that motivated me to write some of the articles that I am most proud of.

At every ABS meeting – usually in Taipei, sometimes elsewhere – Yun-han would preside over a large collection of scholars, coming from all of the ABS member teams, with a variety of research interests such as culture, government performance, social capital, and political attitudes. He would preside over these meetings always in a good humor, giving each person a chance to talk, listening, suggesting, finding compromises and solutions, driving the agenda forward, keeping everyone satisfied that they had been heard. Then on time, the session would end, we would all be exhausted, we would pile into a van or bus and Yun-han would take us to the best food and the best wine in the best place in whatever city we were in. He seemed unruffled, not tired at all, and seemed to keep an eye on each of us as we ate, talked, laughed, and in my case at least, nurtured my jet lag. He was indefatigable, and a great leader.

I forget the timing, but probably sometime in the late 1990s, I was keen to find a way to measure regime legitimacy, which I thought was an important thing to assess whether we were studying democratic or authoritarian regimes. Yun-han was visiting New York, and we were both in a waiting room at the Council on Foreign Relations for some reason – I think we were both on a panel. Together, we designed the "diffuse regime support" battery that became part of the ABS questionnaire and which I have used in some of my writing. This was an occasion for just the two of us to put our minds together, and I remember it vividly because it was so collaborative. I was the one who wanted the battery, and Yun-han helped me through the process of figuring out how to do it. Not that the battery is necessarily perfect, but I have found it usable both theoretically and empirically, I teach it to my students and explain why it is written the way that it is. And when I do so, it is one of the many occasions when I remember Yun-han – in the past, remembered him happily but now, have to grieve his loss.

I know my own experiences with Yun-han testify to only a tiny slice of his distinguished achievements. I am one of so many people who miss him for so many reasons. Internationally, he was considered a giant of contemporary political science, leading the field both intellectually and organizationally, with his brilliant intellect and amazing skills at connecting with many people. His passing is a great loss to the political science profession internationally, to the Academia Sinica, to his close colleagues in the Hu Fu Center for East Asia Democratic Studies and the Asian Barometer, and to his wife Effie of course – but also a great loss for me personally, as he was a wonderful friend and along with Tianjian, my most valued intellectual collaborator.

In Lieu of a Eulogy: My Take on Yun-han Chu's Bigger Picture

Chih-yu Shih / Professor, Department of Political Science, National Taiwan University

I would like to mention only one rarely noticed characteristic of Yun-han, one that even his beloved teacher, Professor Hu Fu, might have not detected. Specifically, Yun-han would never engage in fruitless debating to clarify confusion or calumny if the conditions did not appear ready for such engagement. This is a little like Confucius, who advised temporary retirement from public life during periods of chaos. This characteristic alludes to an intellectual disposition toward the bigger picture, the longer term, and the cohabitation of many worlds.

Therefore, Yun-han declined my offer to debate, on his behalf, with the younger colleagues who challenged his integrity when he expressed reservations about the (pseudo-)liberal democratic appeal of the Sunflower Movement. He specifically told me that he did not wish to engage with those "green guards." In my opinion, however, he was not giving up on them. Rather, he would subtly work on an overall enlightening environment that would only emerge with time.

Yun-han had begun publicly to question the validity of treating social science as a universal methodology since at least the beginning of the 2010s. Threads of such alienation had been emerging in his syllabi before the turn of the century. Given over a decade of warming up, he was more than ready to take off after being elected an Academician, a credit that enabled him to move beyond political correctness.

Other than Marxism, which Yun-han's early teaching career employed to reveal the cruelty of liberal capitalism, his increasing curiosity about the post-Western thought in the past decade pointed to many of the problematic presumptions of modern social science. In fact, he stood at the vanguard of a mutually beneficial relationship between post-Western and Chinese studies. His inspiring endeavor is now critically endangered.

Sensitive readers who are literate in both English and Chinese might sense the alienation of Yun-han's good-governance work (usually in Chinese) from his Barometer work (mostly in English). Nevertheless, Yun-han incorporated the notion of good governance into some of his English writings, as it is not entirely unfriendly to the political agenda of the Barometer research, which is to spread democracy. In this regard, he enlisted Francis Fukuyama's reflections on the seeming incapacity of liberalism for good governance to desensitize his purpose of (dis)qualifying participatory democracy.

Yun-han took care to reserve his analytical lens of "systemic culture" that he acquired from Professor Hu mainly for his Chinese audience. This concept critically attributes the failing democracy in Taiwan to a culture of systemic cleavages, crafted by the past imperialism and colonialism. I think that he judges that this concept is only ready for those who have already suffered under imperialism and colonialism, historical as well as contemporary. In other words, his Anglo-Saxon colleagues based in the former colonizing lands were not yet ready for such a theoretical lens.

Unfamiliar with his disposition toward the bigger picture, the assaults on the alleged "China turn" in his more recent Chinese writings were destined to invoke no response from him. After all, Yun-han could not possibly abandon Barometer, which was his home, even if the rise of China gave him a distinct insight into the insufficiency and bias of liberal democracy, now illuminated by a pluriversal light. If Heaven had allowed him a few more years to grow his China scholarship, I feel sure that Barometer would still have a promising future, not only in the postcolonial world in general and China in particular but also in the hopelessly involuting liberal West.

What I want to say is that Yun-han's style of avoiding fruitless rebutting and preparing overall reconciliation for a common future is advertently aimed at believers in both Chinese Socialism and Western liberalism, for the former to understand why the aversion to autocracy in China can result from spontaneity rather than entirely top-down manipulation and the latter to appreciate why the Chinese autocracy cannot help but attend to the hearts of the people instead of simply abusing their power.

Without his continuous leadership, however, Yun-han's drive for mutual learning and unlearning between liberal democracy and Confucian/Socialist autocracy immediately loses steam. I may be overly pessimistic and Yun-han would not want to see pessimism. I may be guilty of projecting my own passion into his bigger picture while Yun-han used to be nuanced and delicate. In any case, I will continue with what I see him leave, in the hope that I might somehow ease the loss of our time.

In Memory of Chu Yun-han

Douglas H. Paal / Distinguished Fellow, Asia Program, Carnegie Endowment for International Peace

A good sense of humor, keen intelligence, even temperament, and genuine human feeling for others are all among the important qualities that we hope our leaders embody. In the case of our good friend and mentor, Professor Chu Yun-han, this rare combination of qualities was united in one gifted and admired leader, who generously shared these attributes and more with all of us. How we all shall miss those qualities and that leader, that friend.

I first had the pleasure of meeting Yun-han many years ago, well before I had the opportunity to live and work near him in Taiwan. Our conversations ranged from his passion for measuring and promoting the development of democracy in Asia, to his work to advance scholarship for the Chiang Ching-kuo Foundation, to foreign policy, and, always, at the end of the day, good food. Having a lunch time meeting with him was a happy occurrence every time during his visits to Washington.

My appreciation of Yun-han was always high, but it rose even more during my time as Director of the Taipei Office of the American Institute in Taiwan. I was always on the lookout for interesting columnists in the Taiwan media to improve my knowledge and stretch my language study. In previous years, foreign media reporting on Taiwan was in long term decline, as reduced resources were increasingly focused on Mainland China. For a while, Taiwan was a journalism backwater. People in the United States had fewer and fewer opportunities to understand how the people of Taiwan think and what they do. Before I came to Taiwan, I was among them.

Early on I found the authors of the United Daily News editorials had a real flair for language, irony, and rigorous logic. Other journals also had their mixture of strengths and weaknesses, agendas and pet peeves. But it was columns by Chu Yun-han that rewarded my attention. Published in the old China Times, Yun-han's columns actually stood much taller than those of others. Of course, I have to mention his brother Chu Yun-peng's columns as well. What a rare occurrence, two brothers, trained in different disciplines, writing high quality columns in the same journal. Decades earlier, the Washington Post published the Alsop brothers' regular columns. They

追思在雲

were famous. They were politically and socially well connected. But their writings were never on a par with the quality of Yun-han and his brother.

I once tried to provoke Yun-han about his writings, saying he seemed to be digging more and more into economics, not politics, which is his area of expertise. He used my question to say I was right. He was trying to become more of an economist, and his brother was writing to show he was becoming a political scientist, reversing their roles. He laughed.

Professor Chu also had interests in aspects of culture in Taiwan that were not obvious in his professional work. During visits to Taipei for CCK Foundation board meetings, he arranged travel around the island to geographic and cultural high spots.

A truly memorable occasion was a visit to Sun Moon Lake with Yun-han and his long-time democracy collaborator and Stanford University Professor Larry Diamond. Together we took in the sights, sampled the cuisine, and visited the monks of a celebrated Buddhist temple.

Another fond memory grew out of a visit to Kaohsiung, which included a colorful visit with the then mayor and a tour of the new National Kaohsiung Center for the Arts. Professor Chu wanted to be sure his friends learn first-hand about the politics and culture that make Taiwan so lively.

The people gathered here at the CCK presidential library and cultural park will recognize yet another facet of Yun-han's intelligence, taste, and character. He oversaw the design and construction of the most beautiful, and tastefully discerning, living memorial and contemporary research center. In a real sense, it will stand as a memorial as well to Chu Yun-han's career of service and the life of a public intellectual of real significance.

As we walk around the library and garden, we should recognize that it is Yun-han who, in spirit, is showing us around his proud achievement, constructed faithfully by him in the name of the foundation's inspiration.

It will add to our many warm memories of our modest, good friend. May his spirit be a blessing to us.

In Memory of Professor Chu Yun-han

Larry Diamond / Mosbacher Senior Fellow, Freeman Spogli Institute, Stanford University

Professor Chu Yun-han was one of Taiwan's most prolific and distinguished political scientists. Elected to the highest rank of full membership in the Academia Sinica of Taiwan, where he was a Distinguished Research Fellow, he remade the discipline of political science in Taiwan by launching a prodigious flow of research and high-quality scholarship on attitudes and values toward democracy and alternative political systems and values in East Asia. This not only made him one of Taiwan's most internationally known and influential political science scholars, but it also shaped the work of a new generation of political scientists in Taiwan. And it generated pathbreaking innovations in the design of surveys about democratic attitudes and values and in the analysis of the results.

In founding and leading the Asian Barometer Survey, Professor Chu blazed important trails in analyzing the patterns of persistence and change in the political culture of Asian societies, including noteworthy elements of ambivalence in public attitudes toward democracy in both Taiwan and Korea, yet greater rejection of authoritarian rule as an option than in most of the rest of Asia. He pushed his colleagues to probe beneath the surface of public opinions on democracy to examine how ordinary citizens understood the term, and he exposed complex trends and contradictions in Asians' support for authoritarian and traditional values. Beyond his prodigious intellectual contributions to the Asian Barometer Survey, his tireless efforts at fundraising, networking, training, and coordination gave birth to the first sustained Asia-wide study to survey public opinion about democracy, political regimes, and core political values. In the process of building this network, he made lasting contributions to the advancement of social science in Asia (particularly in less developed parts of it like Cambodia, Mongolia, and now Burma). He was deeply committed to this Asia-wide collaboration.

He served for more than two decades as member of the Editorial Board of the *Journal of Democracy* and was one of its most published authors, with twelve articles. His final co-authored article for the *Journal*, with Jie Liu, used public opinion survey data from 72 countries to examine

追思在雲

regional differences in the willingness of citizens to trade democratic principles for instrumental gains, and his quest to understand this tension between intrinsic and instrumental political attachments was a recurrent theme of his work.

Professor Chu's broader cross-national research on political culture derived from his leadership role in the Global Barometer, a consortium of the various regional barometers. He was a major force in advancing the standardization and sharing of questions and data among the regional barometers, with the goal of developing a rigorous global assessment of the trends and status in attitudes and values toward democracy throughout Asia, Africa, Latin America, the Arab world, and the post-communist states. He was also a leader in the International Political Science Association and he became the first Asian to serve on the Council of the American Political Science Association.

I came to know Yun-han in 1995, when the National Endowment for Democracy collaborated with the Institute for National Policy Research (of which he was then Director of Programs) on a historic conference, which brought together some 60 leading scholars and practitioners from around the world to discuss "Consolidating the Third Wave Democracies." The papers were subsequently published in an influential two-volume work that he and I co-edited (with Marc F. Plattner and Hung-mao Tien), the first of five books that Yun-han and I co-edited together. Throughout our collaborations, Yun-han was a joy to work with. His brilliant intellectual vision, exacting judgement, methodological rigor, and sheer thrill at discovery made him an exciting and exuberant academic partner. Whether it was uncovering through quantitative analysis the comparative trends and subtleties of public attitudes and values toward democracy or exposing through elite interviews and political observation the behavioral trends and institutional challenges of Taiwan's democracy, working with Yun-han was an education, an inspiration, and great fun.

Yun-han was also a gifted organizational leader and a keen student and admirer of architecture. He served for 22 years as President of the Chiang Ching-kuo Foundation and was deeply involved in the architectural and aesthetic design of its headquarters in the Chiang Ching-kuo Presidential Library, a technologically innovative and breathtakingly beautiful building that opened last year.

Yun-han was deeply influenced by the political culture research of his professor and mentor at National Taiwan University, Professor Hu Fu, with whom he founded the Asian Barometer in 2000 and in whose name he established the Center at NTU that hosts the survey. His close personal and academic relationship with Hu Fu not only shaped his intellectual direction but also inspired his deep commitment to teaching and mentorship. As a result, he leaves behind an exceptional team of scholars at NTU to lead the Asian Barometer into its third decade.

Chu Yun-han: A Thinker and a Doer

Lawrence J. Lau / Academician, Academia Sinica, Taipei; Ralph and Claire Landau Professor of Economics, The Chinese University of Hong Kong, and Kwoh-Ting Li Professor in Economic Development, Emeritus, Stanford University

The news of Professor Chu Yun-han's passing came as a huge shock to me. Yun-han and I have been close friends for more than three decades, but I did not know that he had been sick. I cannot remember precisely when and how we first met. Yun-han's brother, Yun-Peng, a very distinguished economist, has also been a friend of mine of long standing. Yun-han and I began working together in 1999, when he started to serve as a Vice President of the Chiang Ching-kuo Foundation for International Scholarly Exchange, on the Board of which I also serve, and in 2001 as its President until his death. We were also colleagues at Academia Sinica.

Yun-han is a deep and far-sighted thinker, and a most distinguished scholar in his own right—he was appointed a Distinguished Research Fellow of the Institute of Political Science at Academia Sinica, and a Professor of Political Science at National Taiwan University. He was elected an Academician of Academia Sinica in 2012 and a Fellow of the World Academy of Science (TWAS) in 2016. Yun-han has been thinking and writing about the post-Pax Americana global order long before anyone else. He is a most prolific author on democracy and political economy in East Asia, including Greater China, and the world. He has published more than 170 articles and book chapters, and delivered many, many lectures and speeches in Taiwan, the Mainland and all over the world. Yun-han has a worldwide intellectual reputation, and is without a doubt the leading political scientist in East Asia of his generation. He has been uniquely able to synthesise and integrate the political theories of both the East and the West and apply them to analyse actual situations. Because of his own professional and scholarly achievements, Yun-han is held in high regard on both sides of the Taiwan Straits.

But Yun-han is not only a thinker, but also a doer. In 2001, Yun-han succeeded the late Prof. Li Yih-yuan as President of the Chiang Ching-kuo Foundation. For more than two decades afterwards, he led the Foundation with total dedication and great success. The late President Chiang Ching-kuo is not a non-controversial name in Taiwan. When the political winds change, the survival of the Foundation as an independent entity can sometimes be at risk. The presidency of the Foundation is therefore a most challenging job, constantly requiring a delicate and sensitive political balance. By taking a purely professional and scholarly approach, and focussing solely on academic excellence, Yun-han has been able to guide the Foundation to navigate through these treacherous waters. It has been helpful that Yun-han has the respect of the general public as well as the academic circles inside and outside of Taiwan. It also takes his great personal diplomatic skills. The successful completion and opening of the Ching-kuo Chi-Hai Cultural Park and the Chiang Ching-kuo Presidential Library is due to Yun-han's painstaking and persevering efforts since 2012. It is fair to stay that without Yun-han, the project might not be able to see the light of day. Yun-han would also personally supervise the investment portfolio of the Foundation's endowment. Because of my service as a member of the Finance Committee, I also have had a great deal of contact with Yun-han. I think Yun-han has done his utmost for the Foundation.

There are very few individuals who are both thinkers and doers. Yun-han is one of them. We have been very fortunate to have Yun-han. We shall all miss him.

（追思文依照撰稿人姓氏筆畫排列）

無盡的懷念　由衷的感謝

朱雲鵬 / 胞兄

雲漢走了。

即使不能相信、不敢相信、不願相信，弟弟還是走了。

民國一百年，我們送走了母親。我還記得母親因為敗血症而被送到加護病房，他去探視時遇到值班大夫，被告知母親的情況不樂觀，家屬要做好心理準備。他打電話給我，哭泣地告訴我這位醫師的判斷。父親早逝，母親單獨扶養我們長大，在我們的心裡，是一盞明亮的光，永遠不會熄滅。相信雲漢在天上遇到母親，母親對他的愛，和他對母親的愛，都一樣會溫暖發亮，永遠不會熄滅。

雲漢從小就很穩重，不多話，但是領悟力很強。他小學畢業於台北龍安國小，初中就讀仁愛國中，高中在師大附中畢業；而後在台大修讀政治學學士和碩士，並於美國明尼蘇達大學（University of Minnesota）獲得博士學位。回國後在台大政治系與中央研究院服務，其後擔任蔣經國國際學術交流基金會執行長，並當選第二十九屆中央研究院院士。

雲漢的一生，有機緣遇到許多貴人；作為他的家人，要藉此表達由衷的感謝。感謝曾經教導、指導他的師長和先進，尤其是他的啟蒙恩師胡佛院士。胡院士是台灣知識分子的典範，除了傑出的學術研究，也是承繼五四精神，以畢生心力啟發、教導和保護學生的自由派導師。

也要感謝蔣經國基金會、政界以及企業界的長輩和先進，由於各位的提攜和協助，雲漢才得以突破重重障礙，與同仁合力完成了經國七海文化園區以及其中蔣經國總統圖書館的興建。

作為社會的一分子，我要感謝雲漢對於社會和國家的付出。在學術上，他的貢獻有目共睹，在此不一一引述，僅提出其中一項，就是他在兩年多前同時以中英文編著出版，有關全球新秩序興起的專書，展現了他學術成就和全球學術脈絡的精華。此書匯集國際學者，探討西方中心世界是否式微、亞洲國家興起能否成就典範轉移的世界級議題，彌足珍貴。

作為知識分子，他的一枝筆，為我們留下了諤諤之言。基於他的理念和勇氣，他一再地對台灣和兩岸所處的形勢，殫精竭慮，針砭時弊。今年年初，他在《天下雜誌》發表〈美國軍售地雷 台灣必須覺醒〉一文，引發社會巨大迴響；沒有想到，這就是雲漢生前最後一篇公開發表的評論。

最後，要感謝他過世之後，前來悼念的各界先進和親朋好友，包含發表追悼文章、打電話來關心、到靈堂致意或致贈鮮花的先進，以及出席追思會的貴賓。感謝他過去服務過的單位，包含中研院、蔣經國基金會、台大、台北政經學院（TSE）、中流基金會等，為他辦理這場追思會。尤其感謝蔣經國基金會的同仁，在處理所有這些事務上，所付出的心力。

我要引用世界級文豪托爾斯泰（Leo Tolstoy）的話，作為本文的結語：「生命可以是喜悅的，也應當是這樣，只要我們盡了義務，過該有的生活，便會感到無比的喜悅。」

雲漢已經盡力了，祝福他在天上安息。

杜鵑窩下的陰影

丁庭宇、朱雲漢

倘若不是門口掛著醫院的招牌，誰也不會認為這是間醫院。一長幢磚造的二層樓房，這間醫院足足佔了三個門面；前面臨著馬路，兩邊不是小商店就是一般住家，與周圍的環境極不相稱。醫院一樓中間的「門面」敞空著，像大廳又不似大廳，左右兩邊則各開了一扇小窗。一張張黃瘦的臉貼在厚密的鐵絲網上，癡癡的盯著我們這羣稀客。走廊上經過的行人，都不約而同地從外面馬路上繞道而去。一羣野孩子正對著窗口的病人扮鬼臉，看到我們由救護車後門走了出來，一哄而散。

*　　　*　　　*

雖然清晨赴約時，我就想到今天可能什麼怪事都會遇上，但是這個景象仍大出我意料之外。今天早上我們和素無謀面的宋大夫約在仁愛醫院門口見面，九點不到，他準時而來。一位身材略矮，上額略禿的年輕人，大步邁到我們身旁：「我是宋秉綱，你們二位大概就是昨晚打電話給我的同學？」

還沒來得及寒暄，宋大夫就手一揚，指著前面說：「我們先上車再談，待會兒要跑的地方不少！」話沒講完，他人已經朝前面一輛白色救護車走去。

我緊跟在他後面，看著宋大夫弓著身體從容不迫地鑽進車子。他的鞋跟在我眼前閃過，祇見鞋子後面的縫合處都裂了開來，一雙咖啡色毛襪已經磨成像玻璃絲襪一樣。

「本省到底有多少精神病患？」老丁首先發難。

「在全省人口中，精神病患的比率大約是千分之三至千分之四，以一千六百萬人來計算，就是五、六萬人左右。」宋大夫停頓一下，又接著說：「這個數字不很準確，有些家庭把病人關在家裡，我們就無從知道了。」

　　「這個比率穩不穩定？」

　　「會不會因為工業化而增加？」我又補充了一句。

　　「剛才說的是精神病，不包括精神官能症，精神症比率世界各國都差不多，變動也不太大，可是精神官能症就不一樣，台灣目前至少有十幾萬的精神官能症病患，而且比率還在繼續增高中。」

　　「這許多人如何處理呢？」

　　宋大夫搔了搔頭髮：「依情況而定，精神官能症通常不必住院，定期看門診就行了。嚴重的精神病，像精神分裂、人格異常，多半需要隔離。」

　　「治療效果怎樣呢？」老丁語氣中懷疑的成分似乎頗重。

　　宋大夫苦笑著說：「精神官能症治癒比率較高，其他的就很難醫好，我們通常能做到的，祇是使他們情況穩定下來。」

　　「如果治癒出院的不多，醫院那裡容納得下這麼多病人呢？」

　　「沒錯，現在各醫院都人滿為患，反正盡人事嘛，能塞多少就塞多少。」

　　「我們現在要看的都是私立醫院？」

　　「對！都是市政府的特約醫院。」

　　「這種例行視察多久一次？」

「一個月一次。」

「是不是去看看醫院的衛生、飲食合不合標準？」

「不完全是‥‥」宋大夫的話被我的手勢打住，我插問一句：「特約是什麼意思？」

「特約醫院就是收容合於救助規定的病人，由市政府負擔他們的費用。」

「一個月多少錢？」

「我記得是，一千七百塊錢──〔作者按：這是民國六十六年的金額〕不曉得對不對。」

「一千七！那‥‥」

＊　　＊　　＊

「這位是陳院長。」宋大夫把我從沉思中喚了回來。一回頭，看見一位穿著汗衫短褲的中年男人，挺著肚子站在他身旁，一張扁平的臉上，露出兩排黃澄澄的金牙，表示歡迎之意。

宋大夫不經意地解釋著：「他們是見習生，跟我來參觀參觀。」

「哦，請進、請進。」醫院老闆十分謙恭地哈著腰。進了大門穿過一間簡陋的診療室，我們走進醫院壅塞不堪的客廳。正中央放了幾張北港太師椅，周圍到處堆積著紙箱、衛生紙與麵粉袋。

「隨便坐、隨便坐。」陳院長轉身又吩咐身旁的護士「快去買可樂。」

「免了，免了。」宋大夫搖搖手，把護士小姐攔了下來。

「那喝開水好了。」

「免了，免了。」宋大夫又揮揮手，接著說：「把這個月的『路倒』叫來看看，還有，這兩位同學想到裡面參觀一下。」

陳院長收回了那排金牙，扳著臉孔向旁邊一位矮小粗壯的助手做了個手勢，然後對我們說：「這兩位護士小姐會陪你們進去。」

通過客廳的後門就是醫院的廚房，洋灰地上橫著一條陰溝，顯然這間廚房是後來臨時搭建的。紅磚灶上正在煮飯，旁邊放了一桶熱騰騰的滷豬肉，二分瘦八分肥。我順口問道：「這是給病人吃的？」

「對，這是他們今天的菜。」一位年長的護士先回答。

「還有什麼菜？」老丁接著問。

年輕的護士很不好意思地說：「嗯！好像祇有這道菜。」

突然，那位年長的護士一個箭步，衝到廚房旁天井裏的一間小屋前，我們還沒來得及轉身她已經把一位全身赤條條的女病人推進小屋裏面，一面拉上木柵門一面罵：「不要臉，要死了啊！」

年輕的護士很尷尬地解釋說：「很多病人不肯洗澡，怕他們生蟲，只好定期強迫洗澡。」

「咔嚓、咔啦」一位工友已經把面前那扇鐵門的層層重鎖打開，護士拉開鐵門，

向裏面指指：「這是女病人房，你們要不要自己進去看看。」

我和老丁彼此交換了一下眼神，強作鎮靜，慢慢舉步向裏頭走去。擦過護士身旁，腳還沒踏進門檻，屋內已經起了一股小小的騷動，本來或坐或臥的病人，頓時間有人坐了起來，也有人下床站在牆邊，還有的直愕愕的走向門口。三十多隻眼睛目不轉睛地看著我倆。老丁和我不自覺地把腳收了回來，佇立在門檻上向裏面打量。在這不到十二坪的長型房間裏，並排了十幾張床，收拾得還算乾淨，有點軍營通舖的味道。室內光線相當幽暗，唯一的光源就是屋尾臨著馬路的那扇小窗。十多位女病人，找不到一兩位衣服穿得完整的，大多是上身穿了一件半截的內衣，整齊點的上身加穿件襯衫，就再沒有其他衣服了。病人差不多都剃著光頭，外人很難分辨出她們的年紀，她們的個子多半比較矮小，皮膚又黃又皺。

幾分鐘後，他們仍然呆癡地瞧著我們，這時屋內出奇安靜，病人們有的又躺了下去，有的又坐了下去，但一點聲音都沒有，令人覺得正在觀看一部斷了聲帶的電影，心裡非常不舒服。

「走吧！」老丁拍拍我肩膀。

護士小姐走在前面，我們再度走過廚房，身後又響起「咔嚓、咔啦」的上鎖聲。

老丁好奇地問道：「平常病人都這麼乖嗎？會不會大吵大鬧？」

「女病人通常都比較好帶，有些人根本一兩個月不講一句話，男病人有時也有很兇的。」年長的護士這時回過頭來指著右邊說：「裡面就是男病人。」

這次，我和老丁自動地停在門檻前面。男病房和剛才女病房的景象並沒多大區

別，唯一不同就是病人對我們這羣不速之客出奇冷淡，祇有兩位年輕病患，跑到門口打量了一下，又興致索然地回到自己的床位，其他病人各顧各的，對門外的陌生人，視而未見，我們緊張的神經不由得鬆弛下來。

等老丁和我回到前廳，宋大夫正坐在轉椅上檢視最後一位病人，一位頭髮半白的大夫，站在他旁邊，替他解釋這位病人的狀況，這位老醫師的執照正好掛在桌子上方的牆上。我信手翻開放在桌角上的病歷表，上面寫道：「男二五歲（左右）姓名不詳，身高⋯⋯，症狀：行為異常，衣著破爛，言語遲鈍，失聲傻笑，有迫害妄想，無判斷能力⋯⋯。」

這時門外傳來老丁的聲音：「你們這裏有沒有給病人活動的地方？」他是明知故問。

「這個麼⋯⋯」陳院長還沒來得及答話，老丁又窮追不捨地說：「我的意思是，這些病人要是不運動也不曬陽光，身體恐怕不會很健康吧！」

陳院長很為難地說：「一個病人每個月社會局祇付這麼點錢，除了吃、住，還有治療、藥品、衛生紙、肥皂、水電⋯⋯其他開銷也很大。現在連牀位都不夠，要想挪出地方給他們活動，實在不太可能啊！」

剛才帶路的護士在旁邊補充說：「不過，我們常常會帶病人到街上走走。」

「像這樣的遊街示眾不是很難堪嗎？」我想起剛才一羣野孩子在逗弄窗口病人的情景，就隨口插了一句。護士小姐一時不知怎麼回答，正待開口，最後一位病人在男工友陪同下走出診療室。

「宋大夫，怎麼樣？病人都看完了？」陳院長立刻打斷我們的談話，朝著正走出診療室的宋大夫打招呼。

「有兩個病人的資料，我要帶回『市療』，能不能轉出，我再跟你聯繫，其他事情我都跟楊大夫談過了。」宋大夫眼神一轉，又說：「你們兩位參觀好了吧，該走了！」

握別陳院長肥厚的大手，宋大夫和我們依次鑽進救護車。車子緩緩開動時，看到一張張枯乾的臉孔填滿了兩扇狹小的窗戶，一對對無神的眼珠嵌在鐵絲網的方格內。窗子前面既沒有鳥語花香也沒有山川美景，日復一日，月復一月他們始終佇立在窗頭。也許，在他們生活中，惟有「窗」能帶給他們新鮮與變化，「看窗」也就成為他們惟一的活動，惟一的消遣，也許也是惟一的權利。

＊　　　＊　　　＊

才上路，老丁和我就迫不及待地想把心中所有疑惑一古腦說出來。

「宋大夫」我說，「據你看，剛才那位楊大夫，有沒有受過精神科的正規訓練。」

「你看呢？」宋大夫反問。

「我不敢說，不過剛才他的執照上寫著，民前五年生，安徽人，年紀那麼大，不曉得為什麼會到這種醫院來？」

「我想可能是從公家機構退休下來的，雖然不一定受過精神科專業訓練，不過給

過度興奮的病人打打鎮定劑總是會的。一千七百塊錢你能指望什麼？」

「何況，醫院還要賺錢，對不對？」老丁替宋大夫補了一句，宋大夫聳聳肩，苦笑了兩聲。

「為什麼病人都得剃光頭？」老丁接著問。

「我想，一方面是為了維持衛生，另一方面如果病人逃跑了也比較容易辨認。」

「剛才宋大夫看的是『路倒』，『路倒』是指什麼？」老丁再加上一句。

「『路倒』祇是一個通稱，不一定是指口吐白沫，昏倒在路上的病人；凡是在街頭遊蕩，舉止異常或幸災鬧事，而又無法查明地址或身分的，都可能會被送至就近的特約或公立醫院檢定，如果有精神病症狀就留下，沒有的，大概就送往遊民收容所。」宋大夫不厭其煩的說明。

「不通知他們家屬嗎？」老丁鍥而不捨。

「當然儘量會設法與他們親友聯絡，不過如果病患不肯說或記憶力喪失，就沒有辦法了。當然，有的的確是一個親友也沒有。」

「那怎麼辦呢？」老丁聽得一頭霧水。

「自然就暫時留在當初收容他的精神病院，然後由醫院代他向社會局申請補助。」

「然後每個月由您去巡迴檢查這些新來的『路倒』。」我替宋大夫做了推測。

「嗯！差不多。我除了檢查新來的『路倒』，還看看有沒有適合轉出的病人。」

「轉出，轉到那裡去？」

「我剛才沒提過市療的計畫？」宋大夫看著我們大惑不解的樣子，馬上又解釋一番：「由於精神病患越來越多，而公立醫院設備的標準又較嚴格，所以早就住滿了，現在各特約醫院也是擁擠不堪。以前有些就轉到三卜里去，現在市政府特別撥了一筆預算，在市療準備了一百多張病床，專門提供給有治癒希望的病人，給他們做復健治療，然後安排他們出院，希望能慢慢減輕精神病患的龐大壓力。」

　　「你沒看見，剛才那間醫院只是把病人養活而已。根本就沒有治療嗎？」老丁一面說一面望著宋大夫，怕自己說的太過火了。

　　宋大夫並沒有不以為然的樣子，老丁接著問：「您剛才提到三卜里，三卜里是不是也有市療這種計畫？」

　　宋大夫臉色凝重搖了搖頭。

　　「那病人為什麼要轉過去呢？是不是地方特別大？」老丁似乎對三卜里特別有興趣。

　　宋大夫驀然轉身，瞄了窗外一眼，對司機說：「停在前面電線桿那裡就好，我們自己走進去。」

＊　　＊　　＊

　　這家醫院的環境要比前一家好，就在馬路旁的巷子深處，一扇大鐵門矗立在水泥柱的中央，透過鐵絲網，你可以看到十幾個女病人坐在庭院裡享受著陽光。剛才

一路走來，宋大夫就特別為我們介紹，說這家醫院的黃院長自己就是醫生，是位有心人，起居設備比較好，病人待遇也稍微像樣些，以特約醫院來說，算是十分難得。

一進大門旁的小門房就是診療室，黃院長和護士們似乎已經等候多時了，看到我們進來，連忙站起來打招呼。這時候，診療室後門突然響起急促的敲門聲「咚！咚！咚！」護士小姐回身把後門打開十幾公分，門縫裡鑽出一張潔淨、光禿的臉，十分興奮地問：「是不是我哥哥來了？」

「不是，你哥哥還沒有來，現在是衛生局的醫生，不是你哥哥。」

護士小姐慢聲慢氣地說，像哄小孩一樣。

一張興奮的小臉頓時黯淡下來，她似乎不太相信護士小姐的回答，親自把屋內所有的人都打量幾次，才肯讓護士小姐把門扣上。

黃院長為我們解釋道，每次有外人來，這位病人都以為是自己哥哥來看她了。接著宋大夫介紹我們互相認識，然後由男助手帶領著順序參觀，正好最近沒有新來的『路倒』，宋大夫就留在診療室與黃院長聊天。

醫院有兩個院子，前院專供女病人使用，兩面是房舍，周遭兩道圍牆，牆角還種了萬年青，病人就住在院子旁邊的房間裡。後院與前院由一排房子隔開，左邊留了一個通道，又是一扇鐵門橫梗在當中。

雖然已經有過一次經驗，可是當男助手把後院的鐵門打開時，一股莫名的恐懼感，還是油然而生。男助手一馬當先跨了進去，我和老丁亦步亦趨緊跟在後，腦海中簡直不敢想像等一下穿插在病人羣中，會發生什麼事情。

後院顯得有些擁擠，四邊都有房子，每間病房大約兩坪大小，裡面放了兩張雙人床後，剩下的空間就不多了。右側有個涼棚，棚子下面放張長桌子，上面排滿了餐具。病人們，不管是躺在屋裡的，或是蹲在走廊下的，以及那些光著身子，駝著背倚靠著門柱的，看到我們走進，都紛紛圍觀上來，等到我們站定在院子中央時，已經分不清楚，到底誰是參觀者，誰是被參觀者了。

忽然，一隻冰涼的手輕輕搭在我肩上，我猛一轉身，一個瘦長的軀體擋在我胸前，祇見他馬上合著雙手上下擺個不停，表示對剛才的冒犯十分抱歉。他一臉委屈，慢吞吞地說：「我告訴你，我……我……我已經完全好了，為什麼還要留我在這裡？你看嘛，我真的沒有……沒有什麼病。」我一時也不知道該說什麼，直指著男助手說：「我不是，我不是。……」說完拉著老丁就往外走。心裡雖慌，步子卻不敢放的太快，跨出了鐵門，心神才定了下來。

在回診療室的途中，右側房間中傳來女人呻吟的聲音，靠近看看，霍然見到一位塊頭不小的女病人，躺在床上，四肢都被手銬和腳鐐綁在床欄杆上，黃豆般大小的汗珠流滿一臉，表情十分痛苦。看得我和老丁心裡都十分難過。

*　　　*　　　*

離開醫院，上車第一件事，就是繼續追問三卜里的真象。

「你們不曉得三卜里有一家世界上最大的精神病院？」我和老丁都不作聲。宋大

夫又繼續說：「三卜里總共約有六千名病人。」

「六千人？」我差點以為自己聽錯了。

「對！」宋大夫斬釘截鐵般肯定，怕我們不相信，他又補充說，「那裡地方很大，有些病人真是兇暴，凡是被送到那裡去的病人，可能一輩子都待在那兒。」

「哦！」老丁眨眨眼。

「宋大夫，剛才您不是說除了『路倒』以外，還要檢定一些有轉出希望的病人嗎？可是……」我問題還沒問完，就被宋大夫打斷了，他說：「剛才那家醫院比較特別，一方面醫院本身與遊民收容所有交換計畫，病情減輕的病人可以轉送遊民收容所，跟正常人住在一起，甚至可以接些零星的工作；另一方面它那裡最近也沒有合於轉出標準的病人。」

「我說些外行話，請您不要見怪，剛才我們進去參觀，看到好幾個病人，神志相當清楚，看起來沒有什麼病，我曉得看一眼不能算數，不過直覺上有這種感覺。」宋大夫很客氣地回答：「不用說一般人，醫生也不可能在短暫接觸下，診斷一個病人的狀況。不過，你剛才說上家醫院有些病人病情已經減輕，也是有可能的……」

「那為什麼不能轉到市療呢？」老丁迫不及待想找出答案。

「詳細情況我並不知道的很清楚，因為審核工作是別的單位負責，我祇負責診斷，不過據我所知，原因可能有兩種，一方面是市療病床有限，一時之間不可能收容所有有治癒希望的病人；另一方面是為了要使市療復健計畫確實發揮效果，所以必須是治療後有地方可去的病人，否則過不了多久，市療又要客滿了。」

「我還是不太懂，怎麼說是有地方可去？」老丁非打破砂鍋問到底不可。

「譬如說病人有家屬或朋友願意把他保出去，或是有什麼慈善機構，能照料他生活，使他漸漸恢復常人的生活。」

「還有家屬不願把病人接回去的？」我對宋大夫剛才的回答，頗感意外。

宋大夫眉頭一皺，馬上接著說：「當然有，我在市療看過很多這種例子，本來祇有『路倒』或是貧戶登記有案的，才能得到社會局的補助，如果………」

「對不起我打個岔，」老丁舉舉手，打斷了我們的談話，「我想問，如果有錢人家的人患精神病，他們把病人送到那裡去？」

「當然有　些高級的私人精神病院，像淡水、中和都有，住在那裡一個月至少一兩萬以上，或者送到公立醫院，像台大或市療都有收容自費的病人，住起院來一個月也要七、八千塊，不過，」宋大夫掏出一根香菸：「根據統計資料，有錢人患病的比率都比較低，這是否與遺傳有關，目前還不確定，但是這種病卻多出在低收入家庭。」

「窮人家如果有了一位精神病人，那簡直和得了癌症差不多！」

宋大夫把他的香菸點燃，猛吸了兩口，才開始回答老丁的問題。他說：「對。我剛才正準備說。以前我看過的個案：有一位寡婦，替人家幫傭，她的獨生子不幸患了精神分裂症，送到我們這裡來看，診斷結果必須住院，可是她一個月只賺三千多塊，根本無法負擔，想向社會局登記為貧戶，但又因為她已經有職業而與貧戶規定不合，無法申請到補助，祇好把兒子帶回去自己照顧，過不了多久，實在搞得心神

交瘁，連工作都丟掉了，沒辦法，祇好把兒子趕到街上去，假裝是『路倒』，然後被管區送到我們這裡來。」宋大夫吸了口煙，又繼續說：「然後他媽媽常常偷偷來看他，後來我們知道了，也不忍心揭穿，因為如果路倒病人有家屬出面，『路倒』身分就沒有了。除非正好是登記有案的貧民，否則社會局每月補助金就得取消。」

「最近她孩子病情漸漸好轉，我們私下與她聯絡，問她是否願意接他出院，卻發現她現在住在幫傭主人家裡，兒子接回去，住的地方就成了問題，而且她自己身體也不太好，所以寧可把她孩子仍舊放在醫院裡，在裡面至少有吃有住，出去就什麼都不保證了。」聽完這段故事，老丁和我半晌講不出話來，車內的氣氛突然沈悶下來。

「準備下車吧！」還是宋大夫打破了沈寂，「下面一家就在前面了。」

＊　　＊　　＊

在兩條街的拐角處，一幢四層樓的大樓緊靠著路旁，一看便知上面三層是關病人的地方，三邊窗戶都用厚厚的鐵絲網封住，樓下是診所，門面比較講究，至少比前兩家都像樣。

我們剛下車，突然聽到二樓窗口傳來一羣聲音。

「我告訴你們市政府的人，」我們三人抬頭一望，看到窗口立了一位神色凜然的年輕小伙子，激動地站在上面，口中唸唸有詞，他的姿態有若政治家向千萬羣眾演

說一般，窗口還擠滿了其他病人，有的向我們指指點點，有的向他擠眉弄眼，有的把頭靠在鐵絲網上靜靜的聆聽。「我告訴你們，趕快把我放了出去，要不然……」，忽然像觸電一樣，他還有窗口的其他病人，猛然轉身退去，一轉眼一個人影也看不到。

「宋醫師，請進！」原來是醫院裡的職員出來招呼我們。走進寬敞的診療室，祇見兩位精悍的漢子坐在裡面，既看不到醫生也找不著護士。宋大夫皺皺眉頭說：「梁大夫不在？」這位年輕職員連忙賠罪道：「他馬上來、馬上，宋醫師，還有你們兩位請稍坐一下。」接著遞出一包長壽香菸，宋大夫搖搖手說「多謝，多謝，那我自己先上去看看好了」，年輕職員面有難色，向兩位漢子招招手，要他們其中一位去拿鑰匙。

踏上樓梯我就在想，萬一剛才站在窗口的年輕病人發了狂，真不知該怎麼辦。這座樓梯又窄又陡，還沒爬上一半，就有一陣惡臭撲鼻而來，呼吸極不順暢。那位在前面引路的漢子打開二樓的鐵門，不等我們踏上地板，脫口就喊「衛生局的人來視察了，還不快站好！」，他這一喊，把原來坐著、躺著或蹲著的病人嚇得連嚷帶爬的跳了起來，一個個筆直立正一動也不敢動。還有幾個甚至舉手敬禮連喊幾聲：「報告……報告。」在這間不滿三十坪的房間，用三夾板分隔成好幾個小房間，裡面關的都是年紀比較輕的病人，有幾個好像蠻正常的，似乎祇是智能不足而已。這時四周都擠滿了人，一時也數不清有多少病患，也不見剛才那位「演說家」的蹤影，每個病人都嚇的不敢再出聲，領路的漢子走兩步，旁邊的病人就退三步。

宋大夫問職員：「這層有沒有新來『路倒』的？」

　　職員指指天花板說：「有兩個，都在三樓。」

　　還是大漢走在前面，穿過病人，我們依次走上三樓。這層大小與二樓一樣，但沒有隔間，祇見屋中橫七豎八擺滿了木板床，老的少的都有，至少塞了三十多個病人。

　　「那兩個是新來的？」宋大夫又問。職員指指一位皮膚黝黑的老頭子，然後想了想又說：「對不起，我記錯了，還有一位是女的，在四樓。」

　　在宋大夫交談的時候，一個身材乾瘦的中年病人，小心翼翼地往前走來，宋大夫正轉身準備上樓，這位病人趁機搶到他前面，連連打揖鞠躬，一口湖南口音喃喃說道：「拜託！拜託，請你們幫個忙，請幫個忙！」大漢轉眼瞪了他一眼，他立刻把到了口中的話又嚥了回去。宋大夫舉起手向他指了指，說：「你繼續講，沒有關係。」

　　他望了望四周，才慢慢地開口，「我在這裏已經住了一年又四個月了，可是我沒有病嘛，住在這裏沒有意思嘛，請你們幫幫忙！」

　　「嗯，待會把他也帶下來看看。」宋大夫向職員吩咐道。

　　「謝謝，謝謝！」這位病人感激地目送著宋大夫上樓。

　　四樓的情況比三樓還糟，空氣污濁的令人作嘔，尿臭、汗臭、狐臭，什麼味道都有。這時正是接近中午時刻，熾熱的陽光照在窗戶上，整棟房子像烤箱一樣，又悶又熱，這種地方平常人連一分鐘都沒法待。

宋大夫很不高興的指著窗子說：「有抽風機為什麼不打開？」

　　這位職員悻悻地回答：「這種地方，就是裝十架抽風機也沒有效。」好像空氣不好與他一點關係也沒有。

　　等到我們脫身下樓，老丁和我早已汗流浹背，兩人不由得深呼幾口氣，想把剛才的霉氣通通吐掉。三個病人也陸續地到了樓下，老頭子走在前面，後面跟著那位湖南老鄉還有一位中年的婦人。

　　宋大夫翻了翻桌上的病歷表，揮手示意，請病人進來。大漢站在診療室門口，向老頭子指了一指「你，你進來。」這位老先生年紀雖然不小，但反應蠻快的，聽到叫他，應聲就起，走到門前，猶豫了一下，不敢進去。

　　「進去，進去，醫生要問你！」大漢又催促了一次。

　　這位老人一看見宋大夫，連磕了幾次頭。「你坐嘛！你坐嘛！」宋大夫抬抬手要他站起來。

　　老頭子還是不坐。

　　「坐啦！坐啦！」職員看不下去了，使個眼色要那大漢扶他起來。好不容易半扶半就，總算讓這位老先生坐了下去。

＊　　　＊　　　＊

　　趁著宋大夫與其他病人講話的時候，我和老丁跑到診療室外面的走廊上去找那

湖南人，他看到我們走近，連忙站起來，直點頭。

「先生請問您貴姓？」老丁很客氣地問他。

「不敢當，敝姓楊，木易楊。」

「你怎麼會到這裡來呢？」我開門見山就問他。

「我隨軍撤退來台以後，到處做點零活，前一陣子在新竹擺地攤賣衣服，後來被人家偷了，錢也沒有了，證件也丟了。我就跑到台北，想找個軍中的老朋友借錢，沒想到他搬到花蓮去了，一時也不知該怎麼辦，就喝了點酒，然後被警察關到遊民收容所一陣子，我待不下又偷跑出來。」他嚥了嚥口水，很不好意思地說：「後來我又喝了點酒，就被送到這裡來。」

「多久了？」

「去年四月到現在。」

「他們不讓你出去？」老丁似乎不太相信。

「我的證件都丟了，又找不到人保我出去。」

「你一個親友都沒有？」其實我也有些懷疑。

「以前的朋友早就失去聯絡了，祇有花蓮那個朋友，我寫過兩次信給他，他在花蓮賣麵，還討了老婆，一直都沒時間來台北，不過他寄了兩次錢給我，我自己買點衛生紙、內衣用用。」他的表情純樸，實在令人無從懷疑起。

「你在這裡如何生活？」我想多套點內幕。

「閒得沒事，主要是我沒有病，留我在這裡幹什麼呢？我還沒老，還有力氣可以

工作把我留在這裡，沒有意思嘛！」

＊　　　＊　　　＊

「宋大夫，剛才那位病人，你看的結果怎麼樣？」車還沒開動，老丁就開始了。

「從他的回答裡面，看得出他的記憶力和思考過程都還不錯，當然時間太倉促，無法作仔細的診斷，不過，我想就剛才情形看來，他現在已經相當正常了。」

「說不定他一開始就沒有精神病。」我大膽地說了一句。

「這倒難說，看他的病歷表，以前可能有過某些徵狀，現在逐漸消除了。」

「對不起！我又說句外行話」我看了看宋大夫，接著說：「剛才在第一家和第三家，我翻過幾張病歷表，據我看上面寫的徵狀都大同小異，會不會是醫院自己隨便寫的？」

「捏造應該是不會，誇大其詞倒是有可能。譬如說，醫院收容了一個『路倒』，等到市療的巡邏醫師檢定後，發現沒有精神病，那這個月的住院費與醫療費就無法報了！」

「可是，不能因為醫院的方便，就犧牲病人啊！」老丁對宋大夫的話表示不滿，「而且，為什麼不能把路倒先送到合格的醫院，作比較詳細的診斷，再決定如何處理呢？」

宋大夫似乎並不反對老丁的主張，祇回答說：「目前的人手與經費都不允許這樣

做。」

「假如沒病的人，被關在裡面，遲早也會變成精神分裂，要是我被關在裡面，大概不出三天就崩潰了。」宋大夫沒有回答，老丁又接着問：「為什麼不能讓那位老病人出院呢？」

「因為他現在所說的，到底是真的還是捏造的，沒有人知道。又沒有任何證明文件，也沒有親友來認他。除非有人能保他出院，否則出院以後再發生意外，沒有機關願意負這種責任。」

「可是問題是，他有沒有病，沒有病就不應該讓他待在裡面，至於他以後的吃住或就業問題，是不是都應該由別的專門機構來負責？」宋大夫點了點頭，我又補充一句：「而且他的身份是什麼，也不應該要他自己想辦法提出證明，有關單位應該主動替他查詢或打聽。」

「按目前的人手，社會局大概祇能替他寫信去問問看，如果病人提供的資料不對，或是家人假裝不曉得，就沒有什麼辦法了！」宋大夫攤開雙手，一副無可奈何的樣子。

「那就祇好長期待在裡面囉？」老丁顯然是不太滿意，又接著問：「還有，剛才那家醫院，裡面有智能不足的、有酗酒的，當然也有精神病的。據我所知，這三種病人似乎應該分開治療。」

「對，在歐美，這三種病人都由不同的治療機構來照料，復健與醫療的方法也不一樣。不過，目前路倒的問題不在治療，而是先設法收容他們。」

「公立醫院的情形是不是好一點？」我想轉個問題。

「雖然比起歐美來仍有值得改進的地方，不過一般而言，在設備、編制上都比特約醫院健全得多，像台北與高雄的市立療養院都十分現代化。」

「最大不同點在那裡？」

「我想，最不一樣的地方是，我們的重點是治療而不是收容，而且治療目標是放在趕快讓病人好轉出院上。像在市療，除了有醫生、社會工作者、心理學家協同為病人做藥物治療、物理治療、心理治療外，病人的康樂活動、職能訓練也有專人負責。只要病情穩定，我們就讓病人試行外宿，如果情況良好，就再轉為門診治療；同時在這段期間，我們的社會工作人員會不斷地追踪輔導。」

「這跟特約醫院比起來，簡直是天壤之別嘛！」老丁直搖頭。

「特約醫院的癥結就在這裡，」宋大夫點了根煙，從容不迫地表示：「由於他們缺乏人手，無法提供適當的治療，所以病人的平均的住院時間都在四五年以上。結果嗎，病人在醫院住的愈久，適應社會生活的能力就愈退化，同時家屬來探望的次數也愈少，這樣一來，家人和病人自己都愈不希望出院。可以說是一個惡性循環。」

「這種情況難道無法改善嗎？」

「我想，一方面應該繼續擴充公立醫院的病床，讓所有有治癒希望的病人都能轉到類似市療的醫院；另外一方面，如果我們能夠擴大社會保險的功能，譬如說，勞保也能比照公保涵蓋精神病的醫藥費，那經費來源就會充裕得多了，病患的家庭也可減輕不少負擔。像現在，『路倒』病人佔特約醫院病患中的大半，主要就是因為有

些低收入家庭被家中的病患拖累的很慘，最後只好將病人棄之不顧了。」

＊　　　＊　　　＊

車子又回到了仁愛醫院。下車前，宋大夫拍著老丁的肩膀向我們說：「有空可以來市療參觀一下，那裡可能是亞洲最好的精神病院。」在他跨下車門前，又回過頭來補充了一句：「我是說設備最好的。」

在回家的路上，老丁的摩托車穿梭在擁擠的敦化南路上，車子轉過南京東路後，祇見一排排的金字招牌飛馳而過：金琴、金帝、金咖啡、金加金……滿天金星，看的人眼花撩亂。

我們的社會實在是繁榮而富庶的，但是這種繁榮而富裕的生活，使得我們追求更高的物質享受，除此之外，我們是不是還關切到別人？關切到那些亟待我們付予愛心的精神病人呢？

後記：這是一篇真實的故事，在細節上可能與當時情況略有出入，不過大致相符。為了當事人的權利，部分人名與地名皆做過修改。

──作者謹誌──
（本篇文章內所有用字皆沿用原文）

追思在雲

大事記
Milestones

年份	年紀	生平記事
1956年	0歲	2月3日出生於台北
1959年	3歲	因父親工作調動，舉家搬至桃園楊梅
1965年	9歲	父親因意外去世；其後全家搬回台北居住，從桃園楊梅瑞埔國小轉入台北龍安國小
1967年	11歲	龍安國小畢業
1970年	14歲	仁愛國中畢業
1973年	17歲	師大附中畢業
1977年	21歲	台灣大學政治學系學士
1979年	23歲	• 首次於《聯合報》發表社論〈以睿智面對大挑戰〉，從此陸續於各報刊發表關心時事之社論約220篇 • 與丁庭宇先生共同發表《杜鵑窩下的陰影》，榮獲第一屆時報文學獎報導文學優等獎（全文詳見本書第194頁） • 台灣大學政治學系碩士 • 入伍於海軍服預官役
1981年	25歲	赴美國明尼蘇達大學（University of Minnesota）攻讀博士
1982年	26歲	與第一次訪美的母親共遊觀光
1985年	29歲	• 獲聘為明尼蘇達大學策略管理研究中心特約研究員 • 與孫自芳女士結婚
1987年	31歲	• 獲美國明尼蘇達大學政治學博士 • 獲聘為台灣大學政治學系副教授

年份	年紀	生平記事
1990年	34歲	獲聘為美國哥倫比亞大學政治學（Columbia University）系客座副教授
1991年	35歲	於美國政治學會（American Political Science Association, APSA）創立台灣研究小組（Conference Group on Taiwan Studies, CGOTS），並擔任統籌人
1992年	36歲	獲聘為台灣大學政治學系教授
1993年	37歲	《天下雜誌》刊登人物特寫〈朱雲漢——開放心胸宏觀政治〉
1994年	38歲	獲聘為《當代中國》（*Journal of Contemporary China*）編輯顧問
1995年	39歲	擔任行政院國科會人文及社會科學研究發展處政治學門召集人
1996年	40歲	• 獲國科會傑出研究獎 • 擔任中流文教基金會董事
1997年	41歲	擔任美國國家民主基金會（National Endowment for Democracy, NED）民主研究國際論壇（International Forum for Democratic Studies）研究委員會委員
1998年	42歲	• 獲國科會傑出研究獎 • 擔任行政院國科會人文及社會科學研究發展處諮詢委員 • 擔任選舉制度比較研究（Comparative Study of Electoral Systems, CSES）第二次與第三次調查規畫委員 • 獲聘為喜瑪拉雅基金會資深顧問
1999年	43歲	• 擔任蔣經國基金會副執行長 • 當選國際民主研究論壇研究委員（Research Council of International Forum for Democratic Studies）

年份	年紀	生平記事
2000年	44歲	<ul><li>獲國科會傑出研究獎</li><li>獲聘為*Journal of Democracy*、*China Perspectives*和*China Review*編輯委員</li><li>擔任亞洲協會（**Asia Society**）國際委員會成員</li></ul>
2001年	45歲	<ul><li>擔任蔣經國基金會執行長</li><li>推動蔣經國基金會成為亞洲地區新成立的非政府國際組織「亞洲區基金會及民間組織議會」（**Conference of Asian Foundations and Organizations, CAFO**）正式會員，並成為台灣分會（**CAFO Taiwan**）創始會員</li><li>促成蔣經國基金會與文建會共同補助美國哥倫比亞大學出版社出版「台灣現代小說英譯選集」系列計畫</li><li>推動蔣經國基金會於歐洲地區增設「中華民國留歐學生博士論文獎學金」</li><li>獲聘為*Journal of East Asian Studies*編輯委員</li></ul>
2002年	46歲	<ul><li>中央研究院政治學研究所籌備處成立，獲聘為特聘研究員</li><li>推動蔣經國基金會捷克查理斯大學「蔣經國國際漢學中心」設「東歐區域委員會」（**Eastern European Regional Committee**），審理東歐國家之申請案</li><li>獲聘為*China: An International Journal*編輯委員</li></ul>
2003年	47歲	<ul><li>推動蔣經國基金會與美國哈佛大學費正清中國研究中心（**Fairbank Center for Chinese Studies**）共同設置「台灣研究博士後研究獎助」</li><li>推動蔣經國基金會補助俄羅斯科學院東方文獻研究所（**Institute of Oriental Manuscripts, Russian Academy of Sciences**）之敦煌文獻收藏數位化，並加入大英圖書館（**British Library**）「國際敦煌計畫」</li><li>推動蔣經國基金會於歐洲漢學學會（**European Association for Chinese Studies, EACS**）設置「青年學者論文獎」（**Young Scholar Award**）</li><li>推動蔣經國基金會於亞太地區增設「中華民國留學紐、澳、日學生博士論文獎學金」</li><li>獲聘為*Pacific Affairs*與*International Studies Quarterly*編輯委員</li><li>獲選中國政治學會第二十二屆理事長</li></ul>

年份	年紀	生平記事
2005年	49歲	<ul><li>擔任蔣經國基金會董事</li><li>推動蔣經國基金會於香港中文大學成立「蔣經國基金會亞太漢學中心」</li><li>推動蔣經國基金會補助倫敦大學亞非學院（**School of Oriental and African Studies**）與倫敦政經學院共同推動「歐洲台灣研究」</li><li>獲聘為《中國政治學刊》（*Journal of Chinese Political Science*）編輯委員</li><li>赴捷克查理斯大學出席蔣經國基金會歐洲獎學金委員會，並拜會歐洲科學基金會（**European Science Foundation, ESF**）</li></ul>
2006年	50歲	<ul><li>推動蔣經國基金會補助中央研究院傅斯年圖書館、哈佛大學燕京圖書館（**Harvard-Yenching Library**）、美國國會圖書館（**Library of Congress**）及普林斯頓大學東亞圖書館（**East Asian Library of Princeton University**）等四館合作之「古漢籍善本數位化資料庫建置計畫」</li><li>推動蔣經國基金會與文建會共同補助美國哥倫比亞大學出版社出版「台灣現代小說英譯選集」系列，代表台灣參加德國法蘭克福年度國際書展</li><li>赴美國出席學術會議，並拜會布魯金斯研究院（**Brookings Institution**）、戰略暨國際研究中心（**Center for Strategic and International Studies, CSIS**）、尼克森中心（**Nixon Center**）、國務院（**United States Department of State**）等機構</li><li>赴瑞典斯德哥爾摩出席學術研討會，並拜會斯德哥爾摩大學亞太研究中心（**Center for Pacific Asia Studies, Stockholm University**），返台途中路經吉隆坡拜會馬來亞大學（**University of Malaya**）</li><li>委託歐洲科學基金會辦理學術工作坊</li></ul>
2007年	51歲	<ul><li>赴美國耶魯大學（**Yale University**）與蔣經國基金會美洲校際漢學研究中心合辦之「**Taiwan and Its Contexts**」國際學術研討會</li><li>委託美國學術團體聯合會（**American Council of Learned Societies, ACLS**）協助蔣經國基金會受理「中華文化與社會研究新視野」研討會系列之業務</li></ul>

年份	年紀	生平記事
2008年	52歲	• 推動蔣經國基金會於德國杜賓根大學（**University of Tubingen**）成立「歐洲當代台灣研究中心」（**European Research Center on Contemporary Taiwan**） • 推動澳洲雪梨大學（**University of Sydney**）機構補助設立教職專案 • 推動匈牙利布達佩斯羅蘭大學（**Eötvös Loránd University**）成立中國宗教中心
2009年	53歲	• 舉辦蔣經國基金會二十週年慶祝酒會以及歷年學術補助成果書展 • 蔣經國基金會與美國國會圖書館合辦學術研討會及二十週年慶祝活動 • 蔣經國基金會與時報文化出版公司以及國史館合辦「走過經國歲月：陶涵與錢復對談—蔣經國的事業與人生」座談會 • 推動蔣經國基金會與中央研究院近代史研究所合作「七海寓所文物清點與建檔計畫」與「七海寓所文物管理與典藏作業」 • 推動蔣經國基金會委託中央研究院近代史研究所執行「蔣經國先生大事長編」編纂計畫 • 獲聘為*International Studies Perspectives*編輯委員 • 當選美國政治學會理事，成為該學會成立一百多年來第一位亞洲學術單位的理事
2010年	54歲	推動蔣經國基金會委託「財團法人台灣大學建築與城鄉研究發展基金會」調查並規畫經國七海文化園區

年份	年紀	生平記事
2011年	55歲	• 推動蔣經國基金會成立「經國七海文化園區建築設計諮詢委員會」 • 推動蔣經國基金會成立「兩岸學術交流規畫委員會」，聘請國內資深人文社會科學學者擔任委員 • 推動「兩岸學術交流研習營」，學科領域包含歷史文化、社會科學、東亞儒學、人類學、文學、社會學、e考據與文史研究、地方檔案、民國史、藝術史等，共計52場 • 擔任台北論壇基金會董事 • 推動中央研究院歷史語言研究所、台灣大學資訊網路與多媒體研究所，以及敦煌研究院共同執行「敦煌石窟藝術與數位科技整合計畫」 • 赴美國匹茲堡出席蔣經國基金會美洲諮議委員會，並拜會相關智庫，包括史汀生中心（The Stimson Center）、卡內基國際和平基金會（Carnegie Endowment for International Peace）、喬治華盛頓大學伊理亞德國際關係學院（Elliott School of International Affairs, The George Washington University）、戰略暨國際研究中心（CSIS） • 赴夏威夷出席亞洲研究學會（Association for Asian Studies, AAS）與國際亞洲學者會議（International Convention of Asia Scholars, ICAS）聯合年會 • 赴越南河內拜會越南社會科學院 • 赴美國西雅圖出席美國政治學會年會 • 推動蔣經國基金會與國父紀念館共同舉辦居蜜博士《居正與辛亥革命》及盧雪鄉女士《從美國外交文件看民國誕生》新書發表會
2012年	56歲	• 當選中央研究院第二十九屆人文及社會科學組院士 • 擔任新加坡教育部社會科學研究項目評審委員 • 推動成立「台灣大學社會科學院東亞民主研究中心」院級中心 • 當選國際政治學會（International Political Science Association, IPSA）比較民意研究委員會（Research Committee on Comparative Public Opinion）執行委員 • 赴加拿大多倫多出席亞洲研究學會年會

年份	年紀	生平記事
2012年	56歲	• 赴美國紐約拜會亨利魯斯基金會（Henry Luce Foundation）及美國社會科學研究委員會（Social Science Research Council, SSRC） • 赴韓國首爾出席國際會議，並拜會首爾國際事務論壇（The Seoul Forum for International Affairs, SFIA）、延世大學（Yonsei University）、韓國國際交流財團（Korea Foundation）、峨山政策研究院（The Asan Institute for Policy Studies）、韓國高等教育財團（Korean Foundation for Advanced Studies） • 赴印度出席「南亞民主動態調查」規畫會議，並拜會相關機構與學者 • 赴日本出席財團法人日本協力中心（Japan International Cooperation Center, JICE）主辦之會議，並拜會相關機構與學者 • 赴越南胡志明市國家大學人文社會科學大學（University of Social Sciences and Humanities, Vietnam National University-Ho Chi Minh City）及河內越南社科院南部永續發展所參訪 • 赴西班牙出席國際政治學會世界大會，並拜會相關機構與學者 • 宴請第一屆「台灣研究世界大會」國外與會學者 • 促成全聯實業股份有限公司林敏雄董事長及新光合成纖維股份有限公司吳東昇董事長捐助蔣經國基金會「台灣現代文學英譯計畫」
2013年	57歲	• 擔任教育部邁向頂尖大學計畫審議委員 • 推動蔣經國基金會委託中央研究院近代史研究所執行「蔣經國總統侍從人員」訪問計畫 • 推動蔣經國基金會與國民黨黨史館共同執行「蔣經國先生相關之檔案文獻整理計畫」 • 獲聘為 *Journal of Elections, Public Opinion and Parties* 編輯委員 • 赴韓國首爾拜會重要智庫，包括峨山研究院、東亞研究所（East Asia Institute, EAI）、韓國基金會以及高麗大學亞細亞研究所（Asiatic Research Institute, Korea University） • 促成中央研究院歷史語言研究所收藏之《明實錄》、《清實錄》與韓國國史編纂委員會收藏《朝鮮王朝實錄》簽訂資料庫建置合作計畫 • 赴土耳其伊斯坦堡出席於科曲大學（Koç University）舉辦的第四屆亞洲學者連結會議（InterAsian Connections），並拜會安卡拉大學（Ankara University） • 赴上海出席國際會議，並拜會上海社會科學院圖書館與交通大學地方文獻研究中心

年份	年紀	生平記事
2014年	58歲	<ul><li>榮獲母校美國明尼蘇達大學頒贈「傑出成就獎」</li><li>擔任總統府第五屆監察委員提名審薦小組委員</li><li>促成蔣經國基金會與中華信望愛基金會合作，和台北市政府完成「經國七海文化園區OT暨BOT案」簽約程序</li><li>促成德國杜賓根大學歐洲當代台灣研究中心正式晉升為蔣經國基金會海外中心，並赴德國杜賓根大學參與簽署儀式</li><li>推動蔣經國基金會委託中央研究院近代史研究所執行「建置蔣中正先生資料庫與增補蔣經國先生大事長編編纂」計畫</li><li>推動蔣經國基金會委託台灣大學數位人文研究中心執行「漢學網路電子資源調查、蒐集與整合檢索系統建置」計畫</li><li>與台北市政府、中華信望愛基金會，共同主持「七海寓所修復工程竣工暨經國七海文化園區動土典禮」</li><li>獲聘為第二十二屆中央研究院評議會評議員</li><li>出席加拿大蒙特婁國際政治學會雙年會，並當選為「比較民意研究委員會」副主席</li><li>委託比利時魯汶大學（**Katholieke Universiteit Leuven**）籌畫蔣經國基金會漢學工作坊</li><li>赴美國參訪美國國會圖書館、雷根總統圖書館（**Ronald Reagan Presidential Library**）與詹森總統圖書館（**Lyndon B. Johnson Presidential Library**）</li><li>受邀赴英國諾丁漢大學（**University of Nottingham**）及牛津大學（**University of Oxford**）演講，並至捷克出席蔣經國基金會歐洲獎學金委員會</li><li>赴以色列參訪，拜會希伯來大學（**The Hebrew University of Jerusalem**）及台拉維夫大學（**Tel Aviv University**）並進行座談</li><li>赴日本出席美國阿斯本研究院（**The Aspen Institute**）舉辦之國會外交政策研討會</li><li>赴德國出席「德國杜賓根大學歐洲當代台灣研究中心－蔣經國基金會海外中心」開幕典禮</li><li>赴美國紐約拜會當地學者及相關基金會，並轉赴加拿大蒙特婁出席國際政治學會雙年會</li></ul>

年份	年紀	生平記事
2015年	59歲	<ul><li>擔任教育部學術審查會社會科學組召集人</li><li>應韓國基金會之邀出席「全球公共外交網絡論壇」（**Global Public Diplomacy Network, GPDNet**），並簽署蔣經國基金會正式加入全球公共外交網絡論壇之意向書</li><li>擔任中央研究院政策建議書委員會委員</li><li>出版《高思在雲：一個知識份子對二十一世紀的思考》</li><li>獲聘為*Asian Journal of Comparative Politics* 編輯委員</li><li>赴德國柏林自由大學（**Free University of Berlin**）、洪堡基金會（**Alexander von Humboldt Foundation**）、國際透明組織（**Transparency International**）演講及參訪德國柏林國家圖書館（**Staatsbibliothek zu Berlin**）</li><li>出席蔣經國基金會補助比利時魯汶大學「漢學再省思」工作坊</li><li>赴北京拜會中國社科院台灣港澳研究中心、中國人民大學，並至北京超星數位圖書館參訪</li><li>赴美國匹茲堡出席蔣經國基金會美洲諮議會，並至紐約羅斯福總統圖書館（**Franklin D. Roosevelt Presidential Library and Museum**）參訪</li><li>赴美國紐約出席美國外交政策全國委員會（**National Committee on American Foreign Policy**）之兩岸三邊對話會議</li><li>赴美國芝加哥出席亞洲研究學會年會，與該會重要領導成員會面；並與美國社會科學研究委員會討論第五屆亞洲學者連結會議計畫</li><li>率團拜會浙江大學，討論蔣經國基金會建立漢學雲端資源庫學術合作事宜</li><li>赴英國倫敦出席「第二屆台灣研究世界大會」，並拜會國際戰略研究所（**International Institute for Strategic Studies**）、皇家國際事務研究所（**The Royal Institute of International Affairs**）以及大英圖書館</li><li>宴請出席亞洲研究學會夏季年會之海外學者，並安排參觀台北故宮博物院</li><li>與美國胡佛研究所（**Hoover Institution**）、國史館共同舉辦「中華民國在台灣關鍵的二十年，**1971-1990**」國際學術研討會</li></ul>

年份	年紀	生平記事
2015年	59歲	<ul><li>與國史館共同合辦「抗戰勝利七十週年國際學術討論會」暨歡迎酒會</li><li>與國史館共同合辦「近代中印關係史」國際學術討論會</li><li>赴美國哈佛大學演講，並拜會燕京圖書館、美國甘迺迪總統圖書館暨博物館（**John F. Kennedy Presidential Library**）、美國國會圖書館、卡內基國際和平基金會</li><li>規畫蔣經國基金會兩岸歷史文化研習營，率團赴山東大學、武漢大學參訪，並參觀山東省博物館、山東大學博物館、盤龍城商代遺址、湖北省博物館、荊州博物館，並進行田野考察</li><li>赴美國舊金山出席美國政治學會年會、*Journal of Democracy*編輯委員會會議、台灣研究團體年會研討會；並拜會史丹佛大學胡佛檔案館（**The Hoover Institution Library and Archives**）、東亞圖書館</li></ul>
2016年	60歲	<ul><li>獲選世界科學院（**The World Academy of Sciences for the Advancement of Science in Developing Countries**）社會與經濟學門院士</li><li>帶領台大東亞民主研究團隊申請科技部「學術攻頂計畫」，成為人文社會科學領域第一個通過的計畫</li><li>獲得美國亨利魯斯基金會七年十萬美金資助亞洲民主動態調查</li><li>赴俄羅斯聖彼得堡參加歐洲漢學學會並出席蔣經國基金會與國家圖書館共同舉辦之書展與贈書典禮</li><li>赴匈牙利羅蘭大學、考文紐斯大學（**Corvinus University of Budapest**）參訪及演講</li><li>赴捷克查理斯大學出席蔣經國基金會歐洲獎學金委員會審查會議</li><li>赴美國匹茲堡出席蔣經國基金會美洲諮議會，並轉赴西雅圖參加亞洲研究學會年會</li><li>赴北京拜會宋慶齡基金會及北京大學燕京學院，商討兩岸研習營</li><li>出席香港中文大學中國文化研究所學術顧問委員會，參加香港大學香港人文社會研究所成立十五週年紀念活動，並至香港城市大學進行學術演講</li></ul>

年份	年紀	生平記事
2017年	61歲	<ul><li>推動蔣經國基金會執行「蔣經國先生侍從與僚屬錄影訪談」計畫</li><li>擔任清華大學校務發展諮詢委員</li><li>獲聘為第二十三屆中央研究院評議會評議員</li><li>受台北論壇參訪團邀請，赴美國紐約、華府拜會</li><li>出席由韓國黨學研究協會舉辦紀念韓國民主改革宣言三十週年暨「紀念六一民主運動國際學術研討會」</li><li>赴美國哈佛大學費正清中國研究中心進行學術合作研討會議</li><li>出席韓國東亞研究所舉辦「亞洲民主研究」國際學術論壇</li><li>受邀率領中流文教基金會「一帶一路研究訪問團」赴蘭州、敦煌、烏魯木齊、伊寧、北京等地進行學術參訪與座談交流</li><li>赴美國紐約出席由長江商學院、普林斯頓大學當代中國中心（**Center on Contemporary China**）舉辦之「了解當代中國研討會」</li><li>赴土耳其伊斯坦堡出席第四屆「全球公共外交網絡論壇」</li><li>赴澳洲雪梨大學出席「探索東亞民主鞏固與解構」國際學術研討會，並參加澳洲國立大學政治與國際事務學院（**School of Politics and International Relations, The Australian National University**）「亞洲民主動態調查工作會議」暨學術研討會</li></ul>
2018年	62歲	<ul><li>推動「東亞民主研究中心」改名為「胡佛東亞民主研究中心」並升級為院級中心</li><li>當選國際政治學會比較民意調查研究委員會主席</li><li>赴上海出席由哈佛大學上海中心舉辦之「中國歷史研究的網路基礎設施」國際學術研討會</li><li>赴美國華盛頓特區出席亞洲研究學會年會，並轉赴美國匹茲堡出席「蔣經國基金會三十週年系列講座」</li><li>受邀赴北京出席「第十次兩岸人文對話」論壇，並以「二十一世紀全球秩序重構與中國擔當」為主題發表演說</li><li>赴香港出席「冼為堅傑出訪問教授席（人文學科）公開論壇」</li></ul>

年份	年紀	生平記事
2019年	63歲	<ul><li>推動蔣經國基金會委託中央研究院人社中心地理資訊科學研究專題中心執行「蔣經國先生大事文本時空解析與圖文展示系統建置」計畫</li><li>擔任中流文教基金會董事長</li><li>出席香港中文大學中國研究服務中心第十五屆國際研究生「當代中國」研討班暨國際會議，並針對蔣經國基金會成立三十週年進行演講</li><li>赴馬來西亞拜會檳城研究院（**Penang Institute**）、拉曼大學（**Universiti Tunku Abdul Rahman**）商討學術合作交流事宜</li><li>出席韓國峨山政策研究院舉辦之「**Asan Plenum 2019 -- Korea's Choice**」國際會議</li><li>出席韓國峨山政策研究院舉辦之「亞洲之民主、國家認同與外交政策」座談，以及「價值觀外交」國際學術研討會</li><li>赴馬來西亞檳城出席蔣經國基金會「華夷風起：檳城文史研習營」與「三十週年系列講座」</li><li>赴廣東中山大學珠海校區主持蔣經國基金會「第九屆歷史文化研習營」開幕典禮</li></ul>
2020年	64歲	<ul><li>出版《全球化的裂解與再融合：中國模式與西方模式誰將勝出？》</li><li>擔任清華大學「台北政經學院」代理院長</li><li>推動蔣經國基金會與國史館合作「蔣經國總統資料庫」建置計畫</li><li>推動蔣經國基金會委託中央研究院近代史研究所執行「經國先生組閣重要閣員子女訪問計畫」</li><li>獲聘為第二十四屆中央研究院評議會評議員</li><li>獲聘為 *Political Psychology* 編輯委員</li><li>榮獲台灣大學社會科學院頤賢講座教授</li><li>獲聘為《公共管理評論》編輯委員</li></ul>
2021年	65歲	擔任中央研究院院士行為準則工作小組召集人

年份	年紀	生平記事
2022年	66歲	• 籌畫之經國七海文化園區暨蔣經國總統圖書館落成開幕 • 接待美國史丹佛大學胡佛研究所台灣在印太地區計畫共同主持人埃利斯（**Admiral James O. Ellis Jr.**）將軍所率領之訪問團，並舉行座談會 • 舉辦「蔣經國先生主政時期（**1972-1988**）的外交、經濟與內政發展研討會」
2023年	67歲	與世長辭，享年六十七歲

社會人文BGB550

追思在雲
一位追求自由、民主、和平的知識分子——朱雲漢

中央研究院政治學研究所、中流文教基金會、胡佛東亞民主研究中心、清華大學台北政經學院、
台灣大學政治學系、蔣經國國際學術交流基金會 —— 共同主編

總編輯 —— 吳佩穎
責任編輯 —— 郭昕詠
校對 —— 魏秋綢
封面設計 —— 倪旻鋒
內頁排版 —— 簡單瑛設
內頁圖片提供 —— 中央研究院政治學研究所、中流文教基金會、胡佛東亞民主研究中心、
　　　　　　　　清華大學台北政經學院、台灣大學政治學系、蔣經國國際學術交流基金會

出版者 —— 遠見天下文化出版股份有限公司
創辦人 —— 高希均、王力行
遠見・天下文化・事業群　董事長 —— 高希均
事業群發行人／CEO —— 王力行
天下文化社長 —— 林天來
天下文化總經理 —— 林芳燕
國際事務開發部兼版權中心總監 —— 潘欣
法律顧問 —— 理律法律事務所陳長文律師
著作權顧問 —— 魏啟翔律師
社址 —— 台北市104松江路93巷1號2樓

讀者服務專線 —— 02-2662-0012｜傳真 —— 02-2662-0007；02-2662-0009
電子郵件信箱 —— cwpc@cwgv.com.tw
直接郵撥帳號 —— 1326703-6號　遠見天下文化出版股份有限公司

製版廠 —— 中原造像股份有限公司
印刷廠 —— 中原造像股份有限公司
裝訂廠 —— 中原造像股份有限公司
登記證 —— 局版台業字第2517號
總經銷 —— 大和書報圖書股份有限公司｜電話 —— 02-8990-2588
出版日期 —— 2023年04月30日第一版第1次印行

建議售價 —— 1200元
ISBN —— 9786263551671
書號 —— BGB550
天下文化官網 —— bookzone.cwgv.com.tw

追思在雲：一位追求自由、民主、和平的知識
分子 朱雲漢／中央研究院政治學研究所，中流
文教基金會，胡佛東亞民主研究中心，清華大
學台北政經學院，台灣大學政治學系，蔣經國
國際學術交流基金會共同主編.--第一版.
--台北市：遠見天下文化出版股份有限公司，
2023.04
　面；　公分.--（社會人文；BGB550）

ISBN 978-626-355-167-1（精裝）

1.CST: 朱雲漢　2.CST: 傳記　3.CST: 文集

783.3886　　　　　　　112004673